Mon chien va à l'école

Chantal Cahour
Illustrations de Nathaële Vogel

Mon chien va à l'école

RAGEOT

À Guillaume et Cécile, mes enfants.

*Un grand merci à Gabrielle Casal,
Angélique Denoual et Patricia Martineau
qui ont inlassablement répondu
à mes questions.*

Cet ouvrage a été imprimé sur un papier
issu de forêts gérées durablement,
de sources contrôlées.

Couverture : Nathaële Vogel.

La typographie The Father Nelson a été dessinée par Keith Whetstone.

ISBN : 978-2-7002-3382-7
ISSN : 1951-5758

Loi n° 49-956 du 16-07-1949 sur les publications
destinées à la jeunesse.

Je rêve d'un chien

Dimanche 13 juin

À midi, nous étions à table quand j'ai eu une idée géniale :

– Puisque papa va avoir un an de congé, ai-je lancé, on pourrait prendre un chien !

– C'est ça, Mathieu ! a répliqué maman. Et dans un an, qu'est-ce qu'on en fait ? On le met à la poubelle ? Ou on l'abandonne sur l'autoroute ?

Que répondre ? J'ai haussé les épaules et me suis concentré sur le contenu de mon assiette. Agathe, ma petite sœur, qui avait posé sur maman un regard plein d'espoir, a écrasé son pain d'un geste rageur.

Ève, ma sœur aînée, s'est contentée de soupirer bruyamment en levant les yeux au ciel.

Maman a éprouvé le besoin de se justifier :

– Avoir un animal d'accord, mais à condition qu'il soit utile ! Une vache dans une ferme produit du lait, par exemple. Un mouton donne sa laine, les abeilles font du miel. On élève des lapins pour les manger…

– Mais les chiens aussi sont utiles, ai-je tenté. Ils gardent les troupeaux. Ils vont chercher les gens pris dans les avalanches…

– Ici, il n'y a pas trop de risque, n'a pu s'empêcher de riposter Ève, qui aurait pourtant dû me soutenir.

– Ils protègent les maisons des voleurs, a repris Agathe, d'un air triomphant.

– Nous avons une grosse porte en chêne et une très bonne serrure.

– Je me demande pourquoi vous vous fatiguez, a sifflé Ève. J'essaie depuis treize ans d'obtenir autre chose que des tortues naines ou des poissons rouges !

– Mais… a commencé Agathe.

– Ma pauvre petite, l'a coupée Ève, si un chien s'installe un jour dans cette maison, je te paie un carambar !

– Un seul ? Ah, non, un sachet géant ! a négocié Agathe.

– D'accord, un sachet géant !

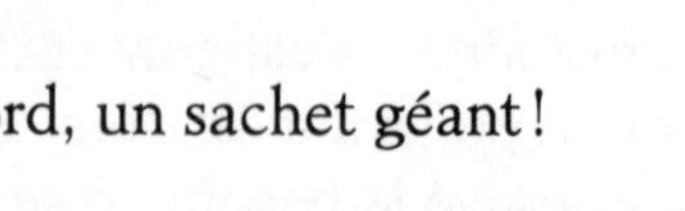

Mercredi 16 juin

Cet après-midi, Ève est allée avec maman acheter des vêtements d'été. Pendant que papa dessinait sur la terrasse et qu'Agathe regardait la télé, je feuilletais le journal local. Mon copain Antoine venait de me téléphoner pour me signaler que j'y trouverais le programme des activités sportives de l'été avec les coordonnées des clubs. Comme j'ai envie de m'inscrire à un stage de canoë-kayak au mois d'août et qu'on est déjà à la mi-juin, j'ai intérêt à me dépêcher.

Tout à coup, mon regard a été attiré par une information bien plus intéressante. Si intéressante que j'ai poussé un cri.

– Qu'est-ce qui t'arrive ? m'a demandé Agathe.

J'étais prêt à lui expliquer, et puis j'ai eu une meilleure idée :

– Dis donc, si je m'arrange pour qu'on ait un chien, Ève sera obligée de te payer un sachet géant de carambars et ce sera grâce à moi. Tu m'en donneras la moitié ?

– Ben, je sais pas…

– Ah non, il ne faut pas dire « je ne sais pas », il faut répondre oui ou non !

– Ce serait un vrai chien ? Vivant ?

– Vivant.

– Pas en peluche ?
– Pas en peluche.
– Qu'on pourrait caresser et qui nous lécherait la figure ?
– Qu'on pourrait caresser et qui nous lécherait la figure.
– Alors, oui.
Marché conclu ! Agathe a ouvert la bouche pour me demander des précisions. Mais j'avais déjà saisi le téléphone et je me dirigeais vers ma chambre où j'ai eu une longue conversation. Quand j'ai raccroché en sautant de joie, elle s'est jetée sur moi :
– Je comprends rien du tout et toi tu m'expliques pas ! a-t-elle crié. Si c'est comme ça, t'auras pas de carambars !
Je lui ai fait un bisou et je l'ai entraînée dans le couloir.
– Viens, je vais te raconter en même temps qu'à papa.
Nous avons couru jusqu'à la terrasse, j'ai posé mon journal sur le carnet de croquis de papa et j'ai désigné l'article.
– Papa, regarde !
Il a sursauté et grogné parce que je le dérangeais. Mais, comme j'insistais en tapotant le journal, il a parcouru l'article.

– Lis tout haut ! Mathieu ne veut rien m'expliquer ! a hurlé Agathe.

– « L'École des chiens-guides d'aveugles recherche des familles pour accueillir un chiot de deux mois jusqu'à dix-huit mois environ. Ces familles devront lui apporter l'équilibre affectif nécessaire, lui inculquer les premières notions d'éducation... »

Papa a levé les yeux, surpris, et m'a demandé :

– Mais... où veux-tu en venir ?

– Tu aimes les chiens, papa. Puisque tu vas avoir un an de congé, on pourrait en prendre un pendant un an.

– Il est écrit « de deux à dix-huit mois ». Si je sais encore compter, ça fait plus d'un an. Qu'est-ce qu'on en fera lorsque j'aurai repris mon poste ?

– Pas de problème, j'ai téléphoné. Le chien reste à la maison jusqu'à l'âge d'un an. Après, jusqu'à dix-huit mois, il apprend son métier à l'École, on ne l'a plus que le week-end.

– Tu as téléphoné... ? s'est exclamé papa.

– Il fallait bien que j'aie les renseignements avant de t'en parler... Et puis, tu sais, ça ne coûte rien, l'École paie tout : le vétérinaire, la nourriture. On nous donne même son collier et sa laisse. Et si on part en vacances, ils le gardent. Génial, non ?

– Et en échange, à quoi s'engage-t-on ?

– À s'en occuper, l'aimer, l'éduquer, pour qu'il devienne un chien heureux et obéissant.

– Moi, je veux bien le caresser ! a proposé Agathe qui écoutait avec passion.

– Je le sortirai, je laverai sa gamelle, je le brosserai, ai-je insisté.

– Moi aussi, je le brosserai, est intervenue Agathe. Je sais très bien brosser mon Milou en peluche. Vous voulez que je vous montre ?

J'ai grogné « chut » en la fusillant du regard. Ce n'était vraiment pas le moment de détourner la conversation. Je voyais que papa était tenté, très tenté même. Enfant, il a toujours eu des chiens et je suis sûr qu'il aimerait en élever un. Or, papa, qui est prof de dessin et artiste peintre, vient d'obtenir un congé d'un an pour se consacrer à la peinture. Il sera à la maison ou dans son atelier et il pourra s'occuper d'un chien. J'attendais le verdict, anxieux. Il m'a asséné son argument de choc :

– Ta mère ne voudra pas !

– Peut-être que si. Tu te souviens de ce qu'elle a dit l'autre jour ? « Avoir un animal d'accord mais à condition qu'il soit utile. » Eh bien, justement, un chien-guide d'aveugle est un animal utile. Maman ne peut pas refuser.

– Eh, eh, pas bête, fiston ! Pas bête du tout ! Il y a une petite chance que cela marche ! Seulement tu as intérêt à préparer sérieusement ton exposé ! Je te laisse te débrouiller mais je te soutiendrai.

– Un exposé ? Ah oui, super ! Je vais fabriquer un panneau... Tu me donnes une grande feuille de papier à dessin ?

Tout excité, je me suis enfermé dans ma chambre et pendant une heure j'ai griffonné, gribouillé et raturé. Trente-six brouillons plus tard, je n'étais toujours pas parvenu à organiser mes idées ni à trouver l'argument-clé qui déciderait maman.

À seize heures, papa a passé la tête dans l'embrasure de la porte et m'a suggéré :

– On devrait lui parler d'Alban, tu ne crois pas ?

Je suis resté le stylo en l'air, stupéfait de ne pas y avoir pensé. Évidemment, il faut lui parler d'Alban ! Je l'ai mon argument-clé !

Dans le collège où maman est infirmière, un élève de cinquième, Alban, est devenu aveugle à la suite d'un accident. Maman a été bouleversée lorsque cela s'est produit, elle lui a rendu visite à l'hôpital et prend régulièrement de ses nouvelles. Refuserait-elle de faire quelque chose de concret pour quelqu'un dans la situation d'Alban ? Non, non, sûrement pas !

Je me suis plongé dans mon trente-septième brouillon. Le bon. Enfin, j'ai préparé un grand tableau avec mes feutres de couleur. Voici le résultat... RENDEZ SERVICE EN VOUS FAISANT PLAISIR : élevez un futur chien-guide d'aveugle !

AVANTAGES

- Engagement pour un an seulement. - Pas de frais de nourriture, pas de frais de vétérinaire. - Prise en charge du chien si on part en vacances ou en week-end.	- Meilleur équilibre des enfants (apporté par le chien). - En UN AN seulement, on se rend utile à la société : on redonne la joie de vivre à un aveugle (comme Alban).

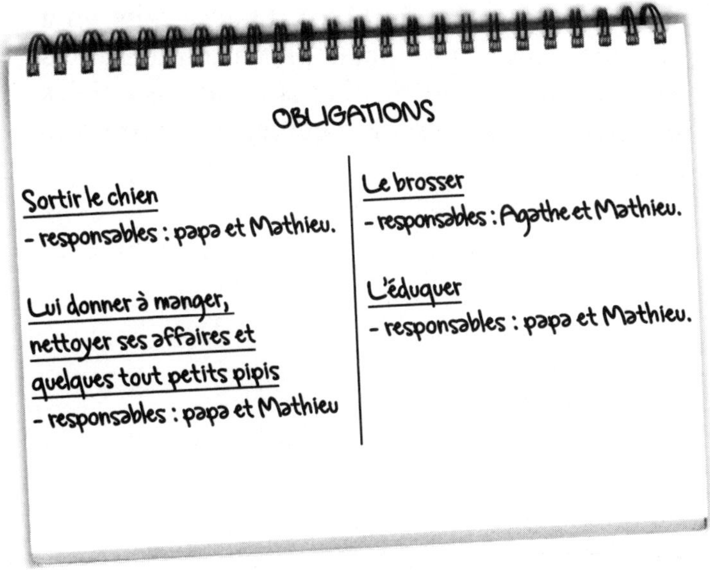

Pas mal, non ? Je me suis arrangé pour que la liste des avantages dépasse largement celle des inconvénients (que d'ailleurs, sur une idée de papa, j'ai intitulée « Obligations » pour ne pas effrayer maman). J'ai parlé de l'équilibre des enfants parce que j'ai vu une émission à ce sujet à la télé.

Puis j'ai fouiné dans les vieilles revues qui traînaient dans le salon. Agathe, qui voulait absolument participer, est venue à la rescousse. Je l'ai chargée de trouver une photo d'enfant avec un chien. En un quart d'heure, elle en a déniché trois et moi deux, plus attendrissantes les unes que les autres. Nous les avons collées sur le panneau. Il est cinq heures, nous sommes prêts.

Et si maman acceptait ?

Quel mercredi ! Je m'en souviendrai. Je suis encore tout tremblant. Quand le panneau a été achevé, le plus dur a été d'attendre le moment propice pour le présenter. À cinq heures et demie, nous avions déjà zappé au moins vingt fois d'une chaîne à l'autre, nous avions commencé puis abandonné successivement une partie de mikado, de dames chinoises, de cochon-qui-rit et de menteur. Nous nous étions disputés pour des bêtises et nous tournions en rond comme des ours en cage. Bref, nous n'en pouvions plus d'attendre.

Papa a eu pitié de nous, il nous a envoyés acheter un kilo de fraises.

– Je vais préparer un repas comme Sylvie les aime : taboulé géant et tarte aux fraises, a-t-il déclaré. Ça la rendra de bonne humeur.

Lorsque nous sommes revenus, il nous a mis en garde :

– Vous devriez attendre le dessert pour aborder le sujet. Quand votre mère rentrera, elle sera certainement fatiguée. Laissez-lui le temps de récupérer.

Papa avait raison. Faire des courses avec Ève, ce n'est une partie de plaisir que pour elle. Ma sœur est capable d'essayer quinze pantalons avant de déclarer tranquillement que, finalement, elle se voit mieux en jupe. Les chaussures sont toujours trop ceci ou pas assez cela. Quant à choisir entre un tee-shirt ou un top, il lui faut en général passer trois coups de téléphone à des copines. Après d'interminables discussions, l'une des copines finit par débarquer, prend un air dégoûté et déclare qu'elle ne peut pas juger car elle n'aime que les chemises. Et tout est à recommencer. Je croisais les doigts pour qu'Ève et maman ne reviennent pas bredouilles. Cela n'aurait pas servi mes projets.

Elles sont rentrées tard, les bras chargés de paquets. Maman s'est écroulée sur le canapé en soupirant d'un air ravi :

– Ouf, quelle journée ! Mais au moins, ça en valait la peine. Nous avons TOUT trouvé ! Je suis tranquille jusqu'à l'automne.

– Et moi ? a protesté Agathe. J'ai aussi besoin d'habits !

– Mais oui, mon chou. Je voulais dire que le gros morceau est fait.

– C'est Ève que tu traites de « gros morceau »? ai-je ricané. Elle a de grosses cuisses, d'accord, mais quand même...

– Pauvre minable, a sifflé ma sœur.

– Mathieu, ne commence pas! a grondé maman. Ève n'a pas un gramme de trop, elle a une jolie silhouette. Tu es méchant et injuste!

Quel idiot! J'étais en train de gâcher l'ambiance. Je me suis dépêché de faire marche arrière :

– D'accord, d'accord, c'était juste pour rigoler. Tu as de belles cuisses...

– Maman, dis-lui d'arrêter de parler de mes cuisses, a pleurniché Ève.

– Ben quoi? Qu'est-ce que j'ai dit? Tu es belle, en gros et en détail! C'est bon, comme ça?

– Chérie, montre donc tes emplettes à ton père, a suggéré maman pour couper court.

– Bon, attendez, je vais me changer.

Je n'étais pas emballé par l'idée d'assister à un défilé de mode mais ça nous occuperait jusqu'au dîner et éviterait peut-être qu'Agathe vende la mèche. Je l'avais longuement sermonnée en allant acheter les fraises et elle m'avait juré qu'elle ne parlerait pas de chien avant que je lui fasse signe.

Dans l'ensemble, ce qu'Ève avait choisi n'était pas trop moche. Mais quand elle est entrée au salon, se déhanchant dans un pantacourt orange vif, j'ai failli faire une réflexion.

Je me suis souvenu à temps qu'il fallait absolument que tout le monde reste détendu. Papa, qui est très sensible aux couleurs et aux formes, a murmuré :

– Hum, hum... c'est... original...

C'est le terme qu'il emploie lorsqu'il trouve que quelque chose n'est pas beau et qu'il ne peut pas dire que c'est affreux. Mais Ève a pris cela pour un compliment et s'est dandinée de plus belle. Le top qui complétait la tenue était d'un jaune citron... vraiment citron et laissait voir son nombril. Papa s'est tourné vers maman et a ajouté :

– Ce n'est pas... un peu court?

– Mon pauvre Julius, si tu trouves plus long cette année, tu me préviens! a répliqué maman. Cet ensemble me paraît très correct. Pour les vacances, évidemment. Ève a promis de ne pas le porter pour aller en classe.

Je voyais ma sœur se rembrunir. J'ai fait les gros yeux à papa qui a compris le message.

– Alors, c'est parfait! s'est-il exclamé. Bravo, les femmes, vous avez bien travaillé!

Remarquant qu'Agathe commençait à tournicoter autour de maman, j'ai proposé :

– Si on dînait tôt ? J'ai faim.

– Moi aussi, a approuvé Ève. Je n'ai même pas eu le temps de goûter.

Le repas m'a paru interminable. À l'instant où maman avalait sa dernière bouchée de tarte, j'ai lancé d'une voix qui déraillait :

– J'ai une information importante à vous communiquer. Est-ce qu'on peut se réunir dans le salon ?

– D'accord, a approuvé papa en se levant de table et en entraînant maman.

Après la luminosité de la terrasse où nous avions dîné, le salon semblait sombre. Tant mieux, on verrait moins la sueur sur mon front et mes jambes prêtes à se dérober sous mon poids. J'ai apporté le panneau que j'avais caché derrière la bibliothèque et je l'ai fourré sous le nez de maman. Mes mains tremblaient tellement que le panneau s'agitait en tous sens. Maman m'a lancé un regard étonné.

– Pose-le sur la table basse, Mathieu, a-t-elle murmuré.

J'ai obéi et j'ai caché mes mains derrière mon dos, en jetant un coup d'œil à Ève. Mais elle était trop intriguée pour se moquer de mon émotion. Maman a lu, consciencieusement, ses yeux s'agrandissant de surprise. Elle a ouvert la bouche pour parler. Je l'ai interrompue :

– Attends. Lis ça aussi.

Et je lui ai glissé le journal ouvert à la page où l'annonce était entourée d'un gros trait rouge. Elle a lu en silence puis Ève lui a pris le journal des mains, fébrile. Maman a respiré profondément, elle m'a regardé droit dans les yeux et a grondé :

– Est-ce que ça signifie que tu comptes m'imposer un chien ? Crois-tu vraiment que j'ai le temps ?

– Attends, Sylvie, ce n'est pas tout à fait cela, est intervenu papa. D'abord, sois sûre que personne ne t'imposera rien. Mathieu a découvert l'annonce cet après-midi, il s'est renseigné et j'ai téléphoné, moi aussi. Son panneau dit la vérité. Nous pouvons garder ce chien seulement pendant l'année où je serai disponible.

– Il est hors de question que je m'en occupe ! J'ai bien assez de travail !

– Je te jure que tu n'auras pas à t'en charger, je serai entièrement responsable, avec l'aide de Mathieu.

– Vous vous rendez compte de ce que cela représente ? Il faut le sortir ! Et pas seulement quand le soleil brille et que les petits oiseaux chantent. Même quand il pleut, même quand il gèle, même quand on est enrhumé ou qu'on a mal aux pieds ! Sans parler des pipis par terre, des aboiements, des poils partout ! Tous les jours, quoi qu'il arrive. Pas question de le ranger dans un placard lorsqu'on en a assez...

– Oui, a répondu papa. Mais il y a aussi l'affection, les caresses, la grosse boule de poils qui vous aime. Et le service qu'on rend à un aveugle. Grâce à ce chien, il retrouvera la liberté de circuler. Pense à Alban.

– Je pense à Alban. Sinon, je n'aurais même pas accepté de discuter.

Maman a fermé les yeux, posé les coudes sur ses genoux et, la tête dans les mains, elle s'est massé longuement le visage. Puis elle s'est redressée et nous a regardés en soupirant :

– C'est si important ?

Agathe, bouche ouverte, yeux écarquillés, a agité la tête avec frénésie. Papa a juste écarté les mains tandis qu'Ève rassemblait les plis de sa jupe en faisant mine de ne pas entendre.

Le menton tremblant, j'ai bredouillé un « oui » à peine audible. Maman a poussé un autre soupir :

– Eh bien, d'accord, prenez-le votre chien.

Agathe a sauté en l'air en hurlant de joie tandis que j'éclatais bêtement en sanglots. Papa m'a attiré vers lui et caché dans ses bras, le temps que je me ressaisisse.

– Attention, soyons clairs, a repris maman. Je ne VEUX PAS avoir la moindre charge de travail supplémentaire. Pas de pipis dégoûtants à éponger, pas de gamelle baveuse à laver, pas de poils répugnants à aspirer, pas de chaussons déchiquetés à remplacer. C'est promis ?

– Promis, a déclaré papa.

– Juré, ai-je ajouté.

– Craché, a complété Agathe.

Et, emportée par son enthousiasme… elle a craché. Droit devant elle, sur le carrelage ! Elle a compris aussitôt que ce n'était pas le moment de se permettre ce genre de fantaisie. Rouge de honte, elle a foncé sur le paquet de mouchoirs et a essuyé en vitesse. Personne n'a fait de commentaire.

– Génial ! ai-je conclu. Donc, tout le monde est d'accord.

– Heu..., a commencé Ève.

Les regards se sont tournés vers elle, surpris.

– Moi, j'aurais préféré un chat...

Pendant une seconde, j'ai pensé avoir mal entendu. Il y avait une erreur, sûrement. Elle parlait peut-être une langue inconnue où les mots avaient un autre sens. À moins qu'elle n'ait soudain perdu la raison. On lui offrait sur un plateau, sans qu'elle ait à lever le petit doigt, le chien dont elle rêvait depuis des années et elle proclamait tranquillement qu'elle aurait préféré un chat !

Et puis, j'ai compris les raisons de sa réaction. Mademoiselle était vexée qu'on ne l'ait pas mise dans le secret et menaçait de tout faire rater avec ses états d'âme. Je me suis retenu de hurler parce que j'avais peur que maman ne change d'avis. Les mâchoires contractées, j'ai laissé échapper :

– Pauvre idiote ! Quand il y aura des chats-guides d'aveugle, on ne manquera pas de t'en proposer un. Pour le moment, ce sont des chiens. Alors, tu dis oui ? Ou tu préfères une photo de tortue naine sur ta table de nuit ?

En temps normal, Ève m'aurait injurié. Là, elle a compris qu'il était temps d'arrêter les frais.

Et comme, tout autant que nous, elle mourait d'envie d'avoir ce chien, elle a adopté une pose languissante pour annoncer :

– Super, je vois que tu es toujours aussi tolérant. C'est bon, je suis d'accord pour le chien. Mais je vous préviens, ne me demandez pas de ramasser ses saletés, je ne pourrai pas. C'est physique, ça me donne envie de vomir…

Ah, la vache, elle avait déjà trouvé le moyen de se défiler ! Je n'ai pas voulu gâcher ce moment de parfait bonheur. Il sera toujours temps de mettre les points sur les i plus tard…

Une école pas comme les autres

Jeudi 17 juin

Papa a téléphoné à l'École des chiens-guides et pris rendez-vous avec la responsable des familles d'accueil, Florence Matty. Ils ont convenu qu'elle viendrait à la maison lundi prochain, à dix-sept-heures.

Je n'en mène pas large. Est-ce qu'elle va nous faire passer un examen ? Est-ce qu'elle nous trouvera assez motivés ? Est-ce qu'elle inspectera l'appartement ?

Papa a tenté de me rassurer mais je suis très inquiet.

Dimanche 20 juin

Aujourd'hui, j'ai passé l'aspirateur dans le salon, dans le couloir et dans ma chambre. J'aurais voulu astiquer toute la maison, rendre les lieux irréprochables pour demain mais c'était trop fatigant. Alors, j'ai essayé d'embaucher les autres. Pas question de demander à maman, évidemment. C'est dans le contrat solennel que nous avons passé. J'ai essayé de convaincre Ève.

– Laisse tomber, m'a-t-elle rétorqué, c'est bien assez propre. Si tu crois que, quand le chien sera là, ce sera toujours impeccable...

Agathe, pleine de zèle, a entrepris de laver à grande eau les portes du placard. Elle a inondé la cuisine et papa s'est fâché :

– Ça suffit, les enfants. Personne ne nous demande de transformer notre appartement en laboratoire. Si c'est assez propre pour nous, ça le sera aussi pour le chien. Je suis certain que Florence Matty sera satisfaite.

Lundi 21 juin

Je suis allé chercher Agathe à la maternelle et nous sommes rentrés au pas de course. Papa était déjà là. Maman n'avait pas pu se libérer et ce n'était pas plus mal : si Florence Matty posait des questions sur notre envie d'élever un chien, je n'étais pas sûr qu'elle répondrait correctement. Quant à Ève, j'espérais qu'elle ne nous resservirait pas son couplet sur les chats !

Florence Matty est hyper-cool ! Moi qui imaginais une inspectrice revêche en uniforme !

D'abord, elle porte des baskets et un tee-shirt, ce qui me l'a rendue immédiatement sympathique. Et puis elle n'a pas examiné l'appartement à la loupe. Elle a bavardé gentiment avec nous. Elle a voulu savoir si nous avions déjà élevé des chiens. Heureusement, papa en a eu plusieurs quand il était petit. Enfin elle a demandé si la famille était d'accord pour accueillir le chiot. Ève a lancé un « oui » aussi enthousiaste que le nôtre.

– Et votre femme ? a insisté Florence.

Papa lui a exposé la situation. Je pensais : « Il est fou, il va tout faire rater. Elle ne voudra plus de nous. » Mais la vérité n'a pas eu l'air d'émouvoir Florence. Elle nous a expliqué que notre rôle serait de donner de l'affection au chien pour qu'il soit équilibré. Il faudrait aussi lui apprendre à être obéissant et le sortir souvent en ville, au marché, dans la foule pour qu'il ne soit pas peureux.

Elle a conclu par un « Je vous laisse réfléchir » auquel papa a répliqué :

– C'est tout réfléchi. Nous ne parlons que de cela depuis mercredi dernier, chacun a eu le temps d'exprimer son opinion. Et ce que vous venez de nous expliquer correspond bien à ce que nous attendions. Qu'en pensez-vous, les enfants ?

– Oh, oui ! avons-nous crié en chœur.

– Quand on va l'avoir, le chien ? a ajouté Agathe.

– Il va falloir attendre un peu... il n'est pas encore né.

– Pas... en... core... né ? ai-je bredouillé.

Et on ne nous le confiera que lorsqu'il aura deux mois ? Mais, c'est absolument interminable, insupportable, inqualifiable ! En un mot, impossible ! Jamais nous ne pourrons attendre aussi longtemps.

– Rassurez-vous, s'est dépêchée d'ajouter Florence, voyant notre mine dépitée, la naissance est prévue pour la fin du mois.

– Est-ce qu'on pourra les voir sitôt qu'ils seront nés ? ai-je demandé.

– Pas tout de suite. Les chiots resteront trois semaines dans la famille qui s'occupe de la mère. Ensuite, ils seront transférés à la nurserie de l'École... là, vous leur rendrez visite autant que vous voudrez !

– Heureusement, nous partons en vacances en juillet ! s'est écriée Ève. Ce sera le moment où nous ne pourrons pas les voir.

– Je vous préviendrai dès que les chiots seront nés, a conclu Florence.

Un doute terrible m'a alors envahi :

– Vous avez combien de familles ?

– Pour accueillir cette portée, nous en avons cinq ou six disponibles, pour le moment.

– Et... nous sommes les derniers sur la liste ? S'il n'y a que quatre chiots, qu'est-ce qui se passera ?

– Premièrement, il y aura plus de quatre chiots. Deuxièmement, je vous considère comme prioritaires puisque vous n'êtes libres que cette année. Il n'est pas question de vous faire attendre six mois, rassure-toi.

– Mathieu est toujours assez pessimiste, a conclu papa, en me tapotant le crâne d'un air moqueur.

N'empêche, je suis bien content d'avoir posé la question. Autrement, je l'aurais retournée sans cesse dans ma tête et elle m'aurait empêché de dormir.

Jeudi 24 juin

Jérémy m'a montré un truc génial ! Un petit livre intitulé *Comment élever son chien ?* plein de conseils. C'est Canina, la marque d'aliments pour animaux, qui l'édite. Il suffit d'écrire et ils l'envoient gratuitement ! Il y a des photos de chiots mignons, oh, trop mignons ! Je ne pourrai jamais attendre ! J'ai envie d'en avoir un dans mes bras tout de suite !

Pour me donner le courage de patienter, j'ai écrit à Canina. Quand j'aurai le livret, j'apprendrai les conseils par cœur. Comme ça, quand notre chiot arrivera, je saurai vraiment bien m'en occuper. Et je serai peut-être son préféré...

Pot-de-colle ou paillasson ?

Lundi 28 juin

Ils sont nés ! Quand papa est rentré, il a trouvé un message de Florence sur le répondeur. Il faut la rappeler demain pour confirmer notre engagement. Qu'est-ce qu'elle s'imagine ? Que nous allons renoncer maintenant ? Après le mal que nous nous sommes donné, que JE me suis donné pour convaincre maman ?

Elle ne fournit aucun détail. Inutile de dire que papa a une liste de questions à lui poser quand il l'appellera :

– Combien y a-t-il de petits ?
– Combien de mâles et de femelles ?
– Quelle est leur couleur ?
– Quel est leur poids ?
– À quelle date arriveront-ils à la nurserie ?

Et, bien sûr, la question la plus importante :

– À quelle date exacte aurons-nous le nôtre ?

C'est Agathe et moi qui avons dressé la liste. Comme d'habitude, Ève faisait mine d'être au-dessus de tout ça mais elle ne perdait pas un mot de ce que nous écrivions. Elle n'a pas pu s'empêcher d'y mettre son grain de sel :

– Vous pourriez au moins demander quels sont leurs noms et comment s'appelle celui qu'on aura.

Pas bête, ma sœur, même si elle en profite pour nous écraser de sa prétendue supériorité. Tout ça parce qu'elle a treize ans ! Enfin, je reconnais que nous nous sommes dépêchés d'ajouter sa double question.

Mardi 29 juin

Ils sont sept, quatre mâles et trois femelles. Ils pèsent environ 350 grammes. Il y a un seul chiot noir, un mâle, tous les autres sont couleur sable. D'après maman, sable est l'équivalent de blond. Ève s'est écriée :

– J'espère que nous aurons le noir. Je préfère les chiens noirs, ils ont plus de classe !

Moi, ça m'est égal. J'aime bien le blond, c'est doux.

Les dates, hélas, manquent de précision. Les chiots arriveront à la nurserie vers le 20 juillet et ils seront remis aux familles entre le 20 et le 27 août.

Quant aux noms, alors là, surprise ! Les chiots n'en ont pas ! Et, nouvelle surprise, c'est à nous d'en proposer une liste. L'École choisira dans cette liste celui de notre chien.

Les noms doivent être courts, faciles à prononcer et plaire à tout le monde. Pas question que l'aveugle ait un chien au nom ridicule ou imprononçable. Et, j'allais oublier, le nom doit commencer par la lettre P, c'est la lettre de l'année pour les chiens de race (le nôtre est un labrador).

Ce soir, à table, nous avons complètement déliré :

– Si on l'appelait Pépère ? a proposé Agathe.

– Oh non, ça fait vieux gâteux ! a protesté Ève.

– Alors Potiron…, a repris Agathe.

– C'est ça, pourquoi pas Pastèque pendant que tu y es ? ai-je rigolé.

– Ou bien Poireau ou Pamplemousse, a ajouté maman.

– Paëlla... Pizza... Parmesan ! a lâché papa, comme un serveur de restaurant transmettant les commandes aux cuisines.

– Petit-Suisse, a repris Agathe sans se décourager.

– Paprika, a tenté maman.

Je commençais à caler sur les noms d'aliments. J'ai proposé :

– Pingouin.

Ève a éclaté de rire comme si j'avais fait une proposition plus stupide que celles qui avaient précédé. Elle a insisté, en me regardant droit dans les yeux :

– Allons-y pour le nom le plus bête !

– Pot-de-colle !

– Paillasson !

– Pupuce-à-sa-mémère !

– Pantoufle !

– Ouah, génial ! Je vois la tête des gens quand on criera au chien « Pantoufle, au pied ! »

Nous étions écroulés de rire mais notre liste n'avançait pas.

– Vite, il faut noter tout ça, a dit Ève. Sinon, on va oublier.

– Attendez une minute, a coupé papa, reprenant son sérieux. Si c'est moi qui transmets la liste, je refuse de proposer Pot-de-colle ou Parmesan.

– Pour le moment, je ne vois guère que Paprika qui convienne, a ajouté maman.

– Évidemment, c'est toi qui l'as trouvé ! a rouspété Agathe.

Je sentais qu'on n'arriverait à rien ce soir.

– Si chacun préparait sa liste ? Mais sérieusement, hein ? Et on se retrouve demain soir, après le dîner, pour décider ?

Mercredi 30 juin

J'étais tellement perturbé par la naissance des chiens, hier, que j'ai complètement oublié l'autre événement important : les grandes vacances sont commencées !

Dimanche, nous partons chez les parents de papa, papy et mamie Flamel, aux Sables-d'Olonne. D'habitude, nous y allons une quinzaine de jours en juillet, puis nous louons une maison dans un coin de France, pour faire du tourisme. Mais cet été, pas question, il faut économiser parce que, pendant un an, papa n'aura pas de salaire. Et on ne sait pas encore s'il vendra beaucoup de tableaux.

Alors, comme papy et mamie nous l'ont proposé, nous resterons le mois entier aux Sables. Moi, ça ne me gêne pas, au contraire, j'adore la mer.

Dès ce matin, j'avais fini ma liste. J'ai commencé par ouvrir le dictionnaire à la lettre P. Mais, après n'avoir trouvé que des trucs aussi idiots que Pachyderme, Pâlichon et Palmier, j'ai préféré me débrouiller seul.

Je me demande ce que les autres ont trouvé. Agathe, qui dicte sa liste à papa, hurle quand on approche. Elle prétend qu'on « copie ». Quant à Ève, elle ne veut même pas dire si elle l'a faite.

En attendant que chacun dévoile sa liste, j'avais envie d'évaluer ce que représentaient 350 grammes, le poids de nos petits chiens. J'ai sorti la balance de cuisine et j'ai pesé la boîte de petits pois prévue pour le déjeuner, le paquet de céréales qui traînait sur la table, une pantoufle de maman, une banane, un dictionnaire. À chaque fois c'était trop ou pas assez.

Quand Agathe est arrivée dans la cuisine, il a fallu que je lui explique ce que je faisais. Elle a couru chercher son Milou en peluche. Mais il ne pesait que 182 grammes. Elle était très déçue.

Entre-temps, je m'étais mis à peser des pommes de terre. Miracle, en en choisissant trois de taille moyenne, j'arrivais juste au bon poids. Je les ai enveloppées dans un torchon noué aux quatre coins pour me fabriquer une sorte de chien en chiffon que j'ai serré dans mes bras. Voilà donc exactement ce que pesait le chiot que je porterais bientôt?

Hélas, je n'ai pas pu rêver longtemps car Agathe pleurnichait :

– Et moi? Et moi?

– Tu veux que je t'en fabrique un comme le mien?

Elle a d'abord dit oui, puis j'ai vu ses yeux s'agrandir.

– Non, attends! J'ai une meilleure idée, s'est-elle écriée. Pèse une pomme de terre en même temps que mon Milou et dis-moi combien ça fait.

– 308 grammes.

– C'est plus ou moins que 350?

– Moins...

Elle a échangé la pomme de terre contre une plus grosse et m'a tendu Milou.

– 356 grammes, ai-je annoncé. Il pèse à peu près le poids d'un vrai bébé chien. Mais je ne vois pas à quoi ça t'avance. Tu ne vas pas scotcher un légume sur le dos de ta peluche.

– Non, je vais le fourrer dans son ventre.

Aussitôt dit, aussitôt fait. Elle a agrandi une couture un peu défaite, y a glissé la pomme de terre.

– Tu y mets une épingle, s'il te plaît ?

Son regard était si confiant que je n'ai pas osé montrer que j'étais jaloux. Jaloux qu'elle m'ait pris mon idée et qu'en plus elle l'ait améliorée. J'ai déniché une épingle de sûreté que j'ai fixée sur le flanc de la peluche. Et je me suis retrouvé comme un idiot avec mon torchon plein de pommes de terre dans les bras.

21 heures

La liste est prête ! Je suis assez content du résultat. Tous les noms que j'avais trouvés n'ont pas été acceptés mais il faut reconnaître que les autres ont eu aussi de bonnes idées.

Nous avons retenu six noms de mâles et six de femelles, les deux premiers plaisant à tout le monde.

Voici notre sélection :

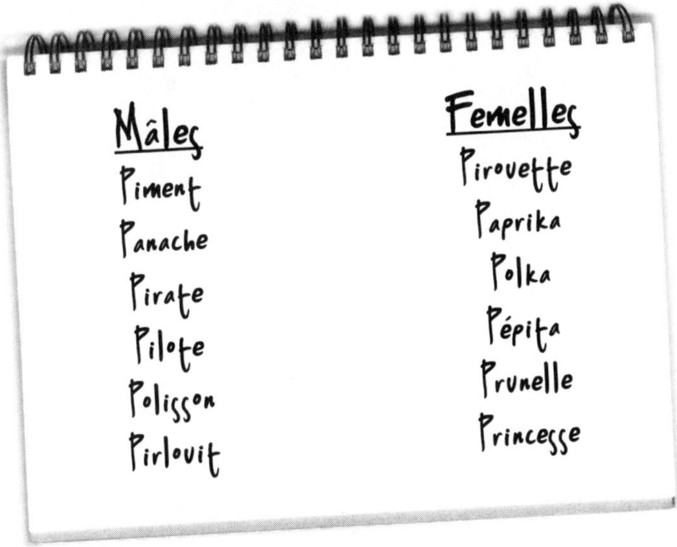

Personne ne s'est disputé, personne n'a râlé, personne n'a fait la tête. Ève a été charmante, elle a même trouvé Pirouette génial. Alors que c'était moi qui le proposais. Il faut avouer que je venais d'applaudir à Piment qui était son choix. Bref, nous avons été une famille modèle !

Comment élever son chien ?

Jeudi 1er juillet

Super ! J'ai reçu mon livre *Comment élever son chien ?* Je l'emporterai aux Sables.

J'avais l'intention de le feuilleter tranquillement mais Agathe était là quand j'ai ouvert l'enveloppe. J'ai dû la laisser regarder par-dessus mon épaule.

Ève est sortie de sa chambre en entendant ses cris de joie. Bien sûr, elle a voulu lire aussi et m'a pris le livre des mains. J'ai essayé de le reprendre, Ève s'y est accrochée, j'ai lâché parce que j'avais peur qu'elle déchire mon trésor et elle est tombée à la renverse sur le canapé en criant :

– Je peux bien y jeter un coup d'œil ! Je ne vais pas le manger, ton bouquin !

J'avais très envie de lui taper dessus. Heureusement, papa est arrivé et lui a ordonné de me rendre ce qui m'appartenait. Puis il nous a proposé d'aller à la bibliothèque, cet après-midi, emprunter des documentaires sur les chiens.

– Ouais ! Génial ! avons-nous crié.

– Seulement, après, il faudra les rendre, a rouspété Agathe.

– Elle a raison, a approuvé Ève, et ce sera au moment où nous en aurons le plus besoin.

– On n'a qu'à les emprunter avec ma carte, ai-je suggéré. Et puis, quand on les rapportera, on les prendra sur la carte d'Ève, ensuite sur celle d'Agathe puis sur celle de papa et enfin sur celle de maman...

– Et après on recommencera ! a enchaîné Ève. On peut tenir facilement six mois.

– Pas très sympa pour les autres lecteurs, nous a reproché papa. Non, j'ai une meilleure idée. Nous allons choisir plusieurs livres, nous les comparerons et ensuite nous achèterons le plus intéressant.

– À la bibliothèque ? a demandé Agathe. On peut acheter des livres à la bibliothèque ?

– Mais non, bébé, on ira dans une librairie ! a rectifié Ève.

Agathe était tellement passionnée par la conversation qu'elle n'a même pas hurlé quand Ève l'a traitée de bébé.

Nous avons rapporté des bouquins pleins de renseignements de la bibliothèque. Agathe a emprunté aussi l'histoire d'un petit garçon qui voudrait avoir un chien mais qui ne peut pas parce que son père est allergique. « Au secours ! ai-je pensé. Si l'un d'entre nous était allergique au poil de chien ? Comment le saurions-nous ? » J'ai vite posé la question à papa et il m'a rassuré : nous avons passé plusieurs week-ends chez des amis qui avaient des chiens et nous n'avons manifesté aucun trouble.

Ouf ! J'en frissonne encore. Vous vous rendez compte : avoir enfin un adorable petit chiot et être obligé de le rendre à cause de ça ?

Vendredi 2 juillet

Aïe, aïe, aïe ! La gaffe ! Mamie Gibert, la mère de maman, a téléphoné ce matin. Agathe a décroché et, triomphante, elle a annoncé :

– Tu sais quoi, mamie ? On va avoir un chien !

J'achevais mon petit-déjeuner à la cuisine. Je me suis précipité sur l'amplificateur pour ne pas rater la réaction de mamie. J'ai été servi !

– Un chien... a-t-elle répété d'une voix sourde.

Puis elle a repris ses esprits :

– C'est... c'est une blague ? Jamais Sylvie ne ferait une telle bêtise !

– C'est pas une bêtise ! a répliqué Agathe, outrée. Maman a dit oui. Et d'ailleurs, elle a choisi les noms des chiens avec nous...

– Les noms des chiens ? s'est affolée mamie. Je ne comprends rien à ce que tu me racontes. C'est une ménagerie que vous allez avoir ou c'est un chien ?

– Un chien ! a hurlé Agathe, furieuse. Un beau chien, rien que pour nous pendant un an !

Mamie a dû se rendre compte qu'elle avait manqué de diplomatie. Elle s'est radoucie :

– Excuse-moi, ma chérie, je ne voulais pas te fâcher. Simplement, je m'inquiète pour vous. Tu peux me passer... heu... quelqu'un ?

Ça a été le bouquet. Agathe a rougi violemment, elle a appuyé le combiné sur son ventre en grondant :

– Je suis quoi, moi ? Je suis pas quelqu'un ?

Puis elle m'a tendu le téléphone d'un geste péremptoire. Je lui ai fait signe que non en agitant frénétiquement les mains car je n'avais aucune envie d'essuyer la suite de la tempête. Mais ma sœur a posé sans ménagement l'appareil sur la commode et elle est allée s'enfermer dans sa chambre en claquant la porte.

Papa était sorti, maman au travail et Ève dormait. Il ne me restait qu'à me dévouer. J'ai pris le combiné et, après avoir respiré un grand coup, j'ai tenté de convaincre mamie que notre projet était génial. Peine perdue, évidemment. Elle m'a écouté en grognant « huuum » toutes les trente secondes et elle a terminé la conversation en demandant que maman la rappelle ce soir.

Maman n'était pas ravie, en rentrant, d'apprendre ce qu'avait raconté Agathe.

– Je pensais le lui annoncer moi-même, avec précaution. Je savais bien qu'elle pousserait les hauts cris.

À vrai dire, nous le savions tous. Mamie n'aime pas les animaux et elle déteste carrément les chiens depuis qu'elle a été mordue par un berger allemand. Elle ne comprend pas qu'on s'encombre d'un animal. Surtout en appartement. Surtout quand on travaille à l'extérieur toute la journée. Surtout quand il s'agit d'un bébé animal. Et surtout, surtout d'un chien !

Mamie ne manque pas de « surtout » à nous asséner, plus écrasants les uns que les autres.

Ma mère a pris son courage à deux mains pour subir le sermon de sa « petite maman ». Finalement, cela ne s'est pas trop mal passé, mamie Gibert avait eu le temps de digérer la nouvelle. Sans manifester un enthousiasme délirant, elle s'est contentée de dire à sa fille qu'elle était majeure, qu'elle faisait ce qu'elle voulait et qu'elles en reparleraient dans trois mois.

Maman avait le regard un peu perdu lorsqu'elle a raccroché. J'ai eu peur qu'elle regrette d'avoir accepté. Heureusement, elle avait les bagages à préparer et donc pas de temps à perdre en états d'âme. Et, lorsque nous nous sommes mis à table, les spaghettis alla carbonara cuisinés par papa lui ont redonné définitivement le sourire.

Une très longue attente

Lundi 12 juillet

J'adore les Sables-d'Olonne, la mer est géniale ! Et puis j'aime beaucoup me promener sur la plage avec papy. Il me parle de son enfance et de papa quand il était petit. Ce matin, nous sommes allés jusqu'au Phare Vert. Comme papy a eu plusieurs chiens, je lui ai demandé des conseils pour élever le nôtre.

– Je me demande si maman sera d'accord pour qu'il dorme sur mon lit…

– J'espère que non ! s'est récrié papy. Ne fais pas ça, sinon il croira qu'il est le chef et il ne voudra plus t'obéir. Tu sais, le chien a le même instinct que les loups. Dans une meute, il y a le chef et ensuite tous les autres dans un ordre bien précis. Chacun connaît sa place et obéit à ceux qui sont au-dessus de lui. Mais si le grand chef s'affaiblit, celui qui est juste en dessous prend sa place et l'ancien chef n'a plus qu'à lui obéir. Dans ta famille, ce sera pareil. Ton père sera le chef de meute et vous serez les sous-chefs. Le chien trouvera normal de venir en dernier. Mais il sera aux aguets pour repérer s'il ne peut pas monter d'un cran dans la hiérarchie. Devenir ton chef, par exemple…

J'ai été déçu que papy me déconseille de faire coucher le chien dans mon lit. J'aurais bien aimé avoir ce petit animal tout chaud à côté de moi pour m'endormir. C'est mieux qu'une peluche. Et on n'a pas l'air d'un bébé.

Mais j'ai compris que si je m'occupais beaucoup du chien et que j'étais ferme avec lui, il m'obéirait mieux qu'à Ève. Je ne vais surtout pas lui raconter ce que papy m'a expliqué. Elle ragera quand elle verra que je m'y prends mieux qu'elle…

Mardi 20 juillet

Nos chiots sont peut-être arrivés à la nurserie de l'École des chiens-guides. Quel dommage que nous soyons si loin, nous pourrions déjà leur rendre visite. J'ai envie de téléphoner pour savoir si l'installation s'est bien passée mais papa ne veut pas qu'on appelle l'École.

– Pas question d'embêter Florence ! Les petits chiens sont certainement en pleine forme et nous n'apprendrons rien de plus. Patiente encore dix jours. Sitôt que nous serons rentrés, nous irons les voir !

Mercredi 21 juillet

Je ne pouvais plus attendre. J'ai décidé d'appeler. Pour que papa n'en sache rien, j'avais l'intention d'emprunter son portable à Ève et de téléphoner de dehors, loin des oreilles des adultes. Évidemment, elle a voulu m'accompagner. Nous avons emmené Agathe. Arrivée au coin de la rue, Ève a déclaré :

– C'est mon téléphone, c'est moi qui appelle. Dites-moi ce que vous voulez savoir.

Et voilà, mademoiselle jouait à nouveau les chefs. Pour une fois, ça m'arrangeait. Florence ne serait peut-être pas contente que nous la dérangions et j'aimais mieux que ce soit Ève qui se fasse envoyer promener. Mais nous avons été très bien reçus.

Florence était en vacances et c'est un homme qui nous a répondu. Voilà ce que nous avons appris :

- Nos petits chiots vont très bien.
- Ils sont déjà habitués à leur nouvelle maison.
- Ils tètent encore leur mère et ne commenceront à manger des croquettes que vers six semaines.
- Le plus endormi est un mâle couleur sable.
- La plus câline, une petite femelle sable.
- Le plus effronté est le noir.
- Rien de particulier pour les autres.

Samedi 31 juillet

J'ai eu la frousse, tout à l'heure, quand mamie a demandé :

– Pourquoi tenez-vous à rentrer demain ? Vous pourriez rester encore quelques jours.

– Nous avons des travaux à faire, a répondu maman. Nous allons transformer le garage en atelier pour Julius.

– Eh bien, laissez-nous les enfants. Ils seront mieux ici qu'en ville.

Mon cœur a marqué un temps d'arrêt. Rester aux Sables-d'Olonne ? Alors que mon chiot m'attendait ? Pas question ! Heureusement, Ève a eu le réflexe de répondre tranquillement :

– Impossible, mon stage de théâtre commence lundi.

Je me suis souvenu que moi aussi, j'étais inscrit à un stage. J'ai presque crié :

– Et moi, j'ai canoë-kayak !

– Agathe, alors ? a insisté mamie.

Ma petite sœur n'a pas pris de précautions oratoires.

– Je ne veux pas rester ! Je veux rentrer ! a-t-elle hurlé. On va voir nos petits chiens !

Maladroitement, mamie a voulu plaisanter :

– Tu préfères tes petits chiens à ton papy et ta mamie ?

– Oui ! a crié Agathe.

Mamie a émis un petit rire crispé et maman a grondé Agathe. L'atmosphère pesait trois tonnes. Si je n'avais pas eu l'excuse du stage, je crois que j'aurais réagi comme Agathe et, du coup, je me sentais un peu coupable. Je me suis levé de table pour entourer les épaules de mamie :

– On aime beaucoup être avec papy et toi. Seulement, cette fois-ci, c'est vraiment, vraiment, vraiment spécial. Tu comprends ?

– Bien sûr, mon grand, a murmuré mamie en me caressant la joue. Quand même, je trouve que vous auriez été mieux ici.

– Je t'aime beaucoup, ma mamie chérie, a minaudé Agathe mais, tu sais, ça fait des années qu'on attend ce chien !

– Même pas six ans et demi pour toi ! a précisé Ève avec dédain. Moi, il y a treize ans que j'en réclame un !

Préparons-nous !

Lundi 2 août

Ils sont trop mignons ! Tout dodus, avec des petites oreilles et un museau adorables ! Et un regard tellement confiant ! Ah, je craque ! Je craque complètement ! Même maman était attendrie. C'est pour dire !

Nous avons eu le droit d'entrer dans la nurserie, de les prendre dans nos bras, de jouer avec eux. Nous attendions ce moment depuis si longtemps ! Nous sommes restés autant que nous avons voulu. Et nous pouvons revenir tous les jours si ça nous tente.

Ça nous tente…

… mais papa n'est pas d'accord pour nous véhiculer sans arrêt. Et aucun bus ne va à l'École des chiens-guides. Après discussion, nous sommes arrivés à un accord : nous aurons droit à deux visites par semaine seulement mais d'au moins une heure chacune. Elles ne devront en aucun cas nous faire rater nos stages (du lundi au vendredi, de quatorze heures à dix-sept heures).

– Moi, j'irai l'après-midi, j'ai pas de stage ! s'est écriée Agathe.

– Tu es inscrite au centre aéré, cela revient au même. Et de toute façon, pour éviter les jalousies et les bagarres, vous irez ensemble.

Jeudi 5 août

Papa a eu une idée géniale : il a emporté son appareil photo numérique et nous a montré les photos sur son ordinateur, un peu plus tard. Puis il les a imprimées en couleur.

Les photos sont super ! Ève s'est jetée sur celles où elle figure avec le chiot noir dans ses bras. Ce n'étaient pas des prises de vue difficiles à saisir : elle ne s'est occupée que de lui. (Je l'ai même entendue lui murmurer « mon Piment chéri », alors qu'ils n'ont pas encore de nom.)

Nous nous sommes partagé les photos. Ève et Agathe se sont un peu disputées pour avoir le gros plan du chiot qui bâille. Moi, cette photo ne m'intéressait pas car on ne voit que l'intérieur de sa gueule. Je la leur ai laissée et cela m'a permis d'obtenir le portrait de la petite chienne qui fixe l'objectif en penchant la tête d'un air trop attendrissant.

Je vais commencer un album photo « spécial chien ».

Lundi 9 août

Nous devons attendre demain pour voir nos chiots. D'habitude, nous y allons le lundi mais aujourd'hui, des ouvriers viennent remplacer la vieille porte du garage par une baie vitrée et un volet électrique.

Comme nous étions déçus, papa a promis que mardi nous resterions une heure et demie à l'École.

Mardi 10 août

Tout à l'heure, Agathe a demandé à Florence :

– Pourquoi est-ce qu'on ne peut pas savoir quel chien on aura ?

– Parce que nous n'avons pas encore décidé lequel vous conviendra le mieux.

– Vous ne nous donnerez pas n'importe lequel ? ai-je questionné, étonné.

– Ah non. Pour le moment, nous les observons mais il faut attendre que leur caractère se précise. Comme vous n'avez jamais eu de chien, nous vous confierons plutôt un animal calme et docile. Si un chiot est têtu, difficile, nous le donnerons à une famille qui a de l'expérience. Faites-nous confiance, nous avons l'habitude.

Jeudi 12 août

Les chiots commencent à manger des croquettes. Ils ont une grande écuelle commune où on leur sert leur pâtée : des croquettes ramollies dans de l'eau. Ils ont l'air d'aimer ça. Il y en a même un qui est tombé dedans tellement il était vorace !

Vendredi 20 août

Aujourd'hui, Ève, Agathe et moi avons insisté pour accompagner maman au supermarché. Nous avions nos économies en poche et une idée derrière la tête. En secret, nous nous étions cotisés pour acheter le couffin de notre chien. Nous avons facilement trouvé le rayon : depuis l'allée centrale, des autocollants de pattes de chien collés au sol nous ont guidés jusqu'à la gondole. Nous avons regardé les prix... et notre sourire s'est effacé.

– 39 euros..., a lu Ève d'une voix lugubre.

– C'est cher ? a voulu savoir Agathe.

– C'est ton argent de poche pendant... pendant... des mois, ai-je répondu.

– Oh..., a fait Agathe.

Nous étions là, désemparés, quand maman est apparue au bout du rayon. En s'approchant, elle nous a lancé :

– J'étais sûre de vous dénicher ici ! Vous avez trouvé votre bonheur ?

– Tu parles, a grogné Ève, regarde le prix des couffins !

– Oh, n'achetez pas ce genre de chose ! J'ai lu dans l'un de vos livres qu'on peut fabriquer un lit avec un bloc de mousse et un carton. Un joli tissu pour envelopper la mousse et le tour est joué !

Tiens, tiens, maman avait lu les documentaires sur les chiens ? Elle s'intéressait donc à la question ? Je n'ai pas fait de commentaire.

Ève a dit :

– Encore faut-il avoir un bloc de mousse...

– On découpera le vieux matelas du lit de voyage de bébé qui est au grenier. Évidemment, la housse n'est sans doute plus très présentable...

– On demandera à papa d'en coudre une neuve, ai-je déclaré. Je suis sûr qu'il sera d'accord.

En effet, maman est nulle en couture et, chez nous, c'est papa qui fait les ourlets et recoud les boutons. Par contre, pour changer un joint de robinet ou installer une prise de courant, on s'adresse à maman.

En tout cas, notre problème était réglé... Du coup, à quoi nous servirait l'argent que nous avions rassemblé ? Maman nous a sauvés, encore une fois :

– Julius comptait utiliser de vieilles assiettes en plastique pour donner à manger et à boire au chien, mais j'ai peur que cela ne soit pas pratique. Vous pourriez offrir à cet animal deux vraies gamelles. Je vous laisse vous débrouiller.

Pendant que maman s'éloignait pour continuer ses courses, nous nous sommes précipités sur les étiquettes indiquant le prix des gamelles. Puis, nous nous sommes assis par terre, à l'abri d'un pilier et nous avons compté nos pièces. Génial ! Nous avions de quoi choisir les plus belles !

Nous avions encore de l'argent et nous avons passé une demi-heure à nous décider pour un jouet en plastique.

Après il nous restait juste assez pour une tablette de chocolat, nous l'avions bien méritée. Nous n'en avons pas gardé pour le chien... D'ailleurs, ce serait mauvais pour lui.

Samedi 21 août

Papa était d'accord pour s'occuper de la housse de matelas. Il a retrouvé un coupon de tissu que mamie Gibert nous avait donné, il a sorti la machine à coudre et, en un rien de temps, le matelas recoupé à la bonne taille a été recouvert de neuf. Ève a couru à la supérette chercher un grand carton et, en le couvrant de plastique adhésif, papa a fabriqué une niche. Voilà, tout est prêt. Il ne manque que le chien !

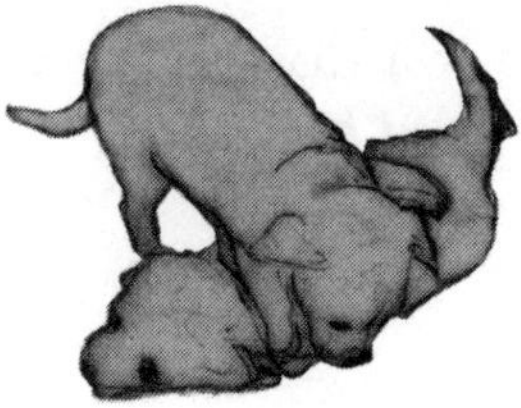

Lundi 23 août

Nous ne savons toujours pas quel sera notre chien, Florence et les autres éducateurs hésitent encore. Ève est devenue très timide tout à coup, elle n'a pas osé demander le noir. Mais qu'est-ce qu'elle nous a bassinés après !

Quand nous avons quitté l'École, j'ai pensé que, la prochaine fois que nous viendrions, ce serait pour emporter notre chiot. Je ne sais pas comment je vais tenir jusqu'à vendredi matin…

Mardi 24 août

Je ne vais pas tenir jusqu'à vendredi !

Mercredi 25 août

Je ne vais pas tenir jusqu'à vendredi !

Jeudi 26 août

Je ne vais pas tenir jusqu'à demain !

Minuit

Je n'arrive pas à dormir. Je voudrais être à demain matin, neuf heures !

Polka

Vendredi 27 août, 8 heures 36

Si Ève ne sort pas de la salle de bains, j'arrache la porte ! Est-ce qu'elle a besoin de se pomponner pour aller dans un chenil ?

8 heures 41

Ça y est, nous partons !

Midi

Elle s'appelle Polka, elle pèse 4,9 kilos. Elle est douce et tellement mignonne ! Elle a des petites dents pointues, d'adorables oreilles tombantes, un poitrail duveteux, une truffe luisante, des babines rigolotes et un regard !... un regard plein d'amour !

Nous sommes allés la chercher tous les cinq. Dans la voiture, maman avait le trac. D'une voix un peu coincée, elle a lancé :

– Je vous rappelle vos engagements. C'est vous qui avez voulu ce chien, c'est vous qui vous en occuperez.

– Mais oui, maman ! avons-nous répondu d'un ton excédé.

Elle a soupiré et s'est tue. Ève a murmuré :

– Je flippe, oh là là, je flippe ! Pourvu qu'on ait le noir !

Je flippais qu'elle flippe. Que se passerait-il si ses espoirs étaient déçus ?

Nous sommes arrivés parmi les premiers. Un monsieur était déjà là avec sa fille. Celle-ci serrait dans ses bras un chiot sable qui se tortillait pour qu'on le pose par terre.

– Ouf, ils n'ont pas le noir, a chuchoté Ève.

Florence s'est approchée de nous, souriante. Dans ses bras, elle tenait un chiot jaune, l'un des plus petits.

– Je ne vous présente pas votre petite chienne, vous la connaissez déjà. Je précise seulement qu'elle s'appelle Polka. Je suis sûre que vous vous entendrez bien.

Et elle l'a tendue au plus proche d'entre nous, c'est-à-dire... à Ève ! Ma sœur a reculé comme si on lui donnait un serpent. Florence l'a regardée, étonnée. Je me suis précipité pour prendre Polka. Je me souvenais que lorsque nous avions rencontré Florence pour la première fois, elle nous avait demandé si nous étions tous d'accord pour avoir un chien. Je n'avais pas envie qu'elle reprenne Polka parce que ma sœur, une fois de plus, faisait son cinéma.

D'autres familles sont arrivées à qui Florence a remis leur chien. Le noir, Pilote, a été confié à une grande dame en jogging. Ève lui a jeté un regard assassin et a quitté la nurserie. Agathe est allée tirer Florence par la manche pour lui poser sa question :

– Pourquoi c'est pas nous qui avons le noir?

La grande dame a ri et Florence a expliqué :

– Parce que c'est le dominant de la portée.

– Le... quoi? ai-je demandé en m'approchant.

– Le dominant. Celui qui veut être le chef, si tu préfères. Il a un caractère difficile et il faudra être un peu sévère avec lui. C'est pourquoi je le confie à Mme Nérac qui a l'habitude. Elle en a déjà élevé deux. Vous qui êtes débutants, vous serez plus à l'aise avec Polka, a-t-elle conclu en caressant la tête de notre chienne.

J'ai cédé Polka à Agathe et je suis allé retrouver Ève qui pleurait dans un coin de la cour. Je lui ai rapporté les raisons de Florence mais elle a grogné :

– N'importe quoi ! Il n'est pas difficile, il est mignon comme tout ! Pas comme votre jaunasse bêtasse… Je l'ai reconnue, c'est celle qui n'arrête pas de dormir, une vraie serpillière !

Elle commençait à m'énerver sérieusement à dénigrer notre adorable Polka ! J'ai répliqué :

– Reste dans ton coin à ronchonner si tu veux ! Mais je te préviens, tu vas rater les explications !

– Je n'ai pas besoin d'explications, je ne m'occuperai pas de cette chienne !

J'ai haussé les épaules et je l'ai plantée là pour regagner la nurserie. Justement, Florence en sortait, suivie du groupe au complet. Nous nous sommes dirigés vers la salle où est entreposé le matériel. Là, j'ai pu constater qu'Ève nous avait emboîté le pas, arborant sa tête renfrognée des grands jours…

Florence lui a lancé un regard interrogateur, puis, se tournant vers papa, elle a demandé à mi-voix :

– Il y a un problème avec votre fille ?

– Oh, elle est déçue parce qu'elle voulait Pilote. Elle va bouder une heure ou deux. Rien d'alarmant.

Rassurée, Florence a commencé à nous distribuer les « trousseaux » des chiens, notamment leur collier que chaque famille a fixé autour du cou de son chiot. Certains d'entre eux n'étaient pas d'accord, Polka la première. Elle essayait de l'enlever en agitant la tête et en s'aidant de ses pattes. Elle a fini par renoncer mais je me suis dit qu'elle ne serait peut-être pas si « facile » que Florence le croyait.

Tout le monde posait des questions, Florence répondait. Elle nous a rappelé que l'École nous confiait un chien pour le préparer à son rôle de guide d'aveugle, que nous ne devions pas trop nous attacher à lui, pour, dans un an, accepter son départ plus facilement. « Pour le moment, Polka va vivre chez nous, c'est ce qui compte », ai-je pensé.

Ceux qui avaient un appareil photo (dont papa) ont commencé à « mitrailler » bêtes et gens. Agathe a accepté de me redonner Polka pour que papa nous photographie ensemble, puis j'ai tendu la chienne à Ève qui a refusé. Deux minutes après, elle est venue trouver papa, Pilote dans les bras. Il a hoché la tête :

– Tu ne serais pas un peu têtue, toi, par hasard ? Bon, d'accord, je vous prends en photo. Mais après, tu rends ce chien et tu nous accordes un sourire.

Le sourire en question ressemblait plus à une grimace. Mais bon, ne chipotons pas...

Puis, l'heure de se séparer est arrivée. Nous sommes partis, moi devant, serrant Polka dans mes bras, papa portant le sac de quinze kilos de croquettes, Agathe la laisse et la brosse et maman le reste du matériel. Ève suivait, les bras ballants.

On nous a recommandé de faire voyager notre chienne au pied du siège avant droit dans la voiture, maman l'a donc installée là. Aussitôt, Polka a pleurniché et essayé de grimper sur ses genoux. Jusqu'au centre-ville, ma mère a passé son temps à la repousser. Puis, comme elle avait rendez-vous chez le coiffeur, nous l'avons déposée.

– Ève, tu passes devant ? a demandé papa.

– Pour quoi faire ? a répondu ma sœur d'un ton revêche.

– Pour t'occuper de Polka, évidemment !

– J'ai pas envie...

– Tu te fiches de moi ? Je ne te demande pas si tu en as envie ! Je t'ordonne de venir devant. À moins que tu préfères que nous ayons un accident ?

Ève a poussé un énorme soupir et a obéi. J'enrageais, moi qui aurais donné n'importe quoi pour être à sa place. Mais je n'aurai dix ans qu'en novembre, je ne peux pas encore voyager à l'avant. Et cette idiote fait la fine bouche !

Bref, nous voilà à la maison. Responsables d'une petite chienne labrador de deux mois. Je suis terriblement ému.

À l'arrivée, nous lui avons fait visiter l'appartement puis nous lui avons montré son lit-niche, dans un coin de la cuisine. L'endroit lui a plu, elle s'y est installée et s'est endormie aussitôt.

Agathe et moi nous sommes assis à côté et l'avons contemplée. Seulement, regarder un chien dormir, c'est lassant. Au bout d'une demi-heure, j'ai trouvé ce sommeil inquiétant. J'aurais aimé que maman rentre vite. Évidemment, elle n'est pas vétérinaire mais une infirmière doit quand même être capable de soigner un animal. En attendant, j'ai demandé à papa :

– Elle ne se réveille pas. Tu ne crois pas qu'elle est malade ?

– Non, c'est normal. Les chiens dorment beaucoup. Et n'oublie pas qu'elle est encore un bébé. Souviens-toi, quand Agathe était un nourrisson, elle dormait tout le temps.

– Mais pas dans une niche, a précisé Agathe, offusquée.

– Non, ma chérie, parce que tu n'étais pas un petit chien, a approuvé papa.

J'aurais bien voulu inviter des copains à venir voir ma chienne, seulement papa n'était pas d'accord :

– Laissez-la tranquille aujourd'hui. Elle est un peu perdue sans sa mère et ses frères et sœurs. Elle a besoin de calme.

Il a fallu que je téléphone à Antoine et Jérémy qui attendaient le feu vert, pour leur dire de patienter.

16 heures

J'ai eu le droit de la sortir ! Les premières fois, papa s'en était chargé. Toutes les deux heures, il faut l'emmener dans le terrain vague, au fond de la cour, juste en face de l'atelier. Je l'ai descendue dans mes bras, suivi d'Agathe. Papa nous accompagnait pour voir si je me débrouillais.

Je l'ai déposée dans l'herbe et je me suis dépêché de dire « tes besoins » avant qu'elle se soulage. Elle a fait pipi juste à ce moment-là, alors je l'ai félicitée comme si elle avait obéi à mon ordre et aussi pour qu'elle comprenne que c'est bien de faire là et pas n'importe où. Dans l'appartement, par exemple…

En revenant, j'ai aperçu Ève qui nous épiait depuis la terrasse. Quand nous avons franchi le seuil, elle nous attendait dans le couloir.

– Bon, si ça peut vous rendre service, je veux bien la descendre, la prochaine fois… a-t-elle grogné.

Pour la faire enrager, j'ai failli répondre : « Ne te force pas. On se débrouille bien, tous les trois. »

Mais je savais qu'elle cherchait à sortir honorablement de sa bouderie. J'ai eu pitié d'elle :

– D'accord, ce sera mieux de se relayer.

En même temps, je lui signifiais clairement qu'il faudrait qu'elle prenne sa part des corvées mais je ne sais pas si elle a saisi la subtilité de ma réponse. En tout cas, elle s'est approchée de Polka que j'avais posée à terre et lui a caressé la tête.

– Elle n'est pas si moche, finalement, a-t-elle lâché.

Tu parles d'un compliment ! Elle est magnifique, oui !

22 heures 45

Florence nous avait prévenus que la première nuit était souvent agitée. Mais finalement, ça se passe plutôt bien. Il faut dire que nous avons tout prévu. J'ai eu une super-idée : préparer un doudou. Un doudou avec nos odeurs pour que Polka ait l'impression que nous sommes avec elle, même quand elle est seule (en fait, j'ai trouvé cette idée dans un roman mais comme je suis le seul à l'avoir lu, les parents, Agathe et même Ève me prennent pour un génie).

Mes sœurs et moi, chacun à notre tour, avons dormi toute une nuit avec le morceau de tissu dans notre lit. Papa et maman n'ont pas voulu en faire autant mais ils l'ont mis sur leurs épaules une soirée entière.

Donc, avant de nous coucher, nous avons placé le doudou dans la niche de Polka. Elle l'a reniflé et s'est couchée en le roulant en boule contre son ventre.

– Il vaut mieux que nous ne sortions pas tous ensemble, a suggéré papa. Partez les premiers, je vais ranger deux ou trois bricoles.

Nous sommes allés nous mettre au lit, en laissant nos portes ouvertes pour suivre le déroulement des opérations. Au bout d'un moment, papa est passé dans le couloir, sur la pointe des pieds. Je l'ai appelé :

– Papa, tu as fermé la porte de la cuisine ?

– Oui.

– Tu lui as laissé la lumière ? a enchaîné Agathe depuis sa chambre en face de la mienne.

– Oui. Mais chut, taisez-vous ! Si vous la réveillez, on est fichus.

Papa était couché depuis cinq minutes quand Polka s'est mise à couiner et aboyer. On nous avait prévenus qu'il ne fallait surtout pas intervenir sinon elle ferait le cirque toutes les nuits.

Nous sommes donc restés stoïquement au lit en l'écoutant pleurer. J'ai tenu huit minutes. On croit que c'est court, huit minutes. Archi-faux, c'est in-ter-mi-na-ble ! Les aboiements devenant de plus en plus insistants, j'ai jailli de mon lit et suis allé trouver papa et maman :

– On ne peut pas faire quelque chose ? ai-je demandé, désespéré.

– Non, a répondu fermement papa. Juste attendre qu'elle se fatigue. Ça ne devrait pas tarder. Recouche-toi.

Il avait raison. Elle a cessé de pleurer peu après. Je crois que c'est bon.

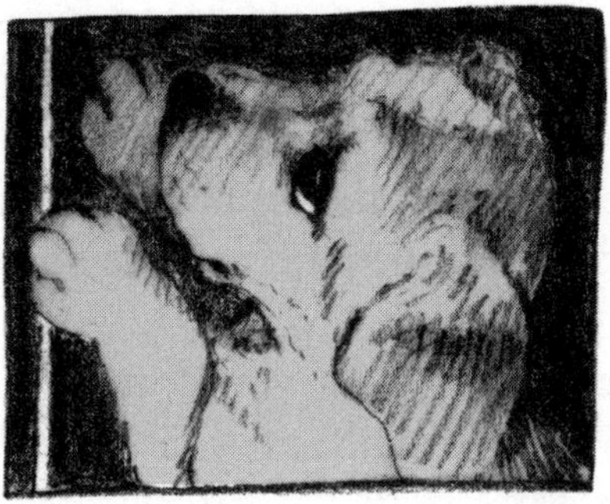

Nuit blanche

Samedi 28 août

Ce n'était pas bon du tout ! Nous avons été réveillés au milieu de la nuit par les jappements puis les hurlements de notre petite chienne. Au fil des minutes, je la trouvais de moins en moins attendrissante et de plus en plus exaspérante. Mais mon livret Canina est formel : il ne faut pas réagir.

Bientôt, la sonnette a retenti. Papa a ouvert. C'était M. Houdan, le voisin du dessous :

– Vous pouvez faire taire votre chien, s'il vous plaît ? Nous n'avons rien dit hier soir mais en pleine nuit, c'est trop ! Ma femme est au bord de la crise de nerfs !

Papa s'est excusé et a déclaré qu'il s'en occupait. Il a refermé la porte et, quand il s'est retourné, nous étions tous debout dans le couloir.

– Recouchez-vous, a-t-il soupiré, je vais tâcher de lui clouer le bec.

Il a pris un livre et s'est dirigé vers la cuisine. Sitôt la porte ouverte, les hurlements de Polka se sont transformés en couinements qui se sont vite arrêtés.

J'avais terriblement envie de savoir comment papa s'y était pris pour la calmer. J'ai résisté longtemps à la curiosité mais j'ai fini par craquer. Je me suis dirigé doucement vers la cuisine et j'ai entrouvert la porte. Papa était assis, la tête sur la table, son livre en guise d'oreiller. Il ronflait quand je me suis approché pour l'avertir que Polka dormait et qu'il pouvait se recoucher. Il s'est redressé.

Hélas, Polka aussi.

– Sors d'ici, petit imbécile ! m'a lancé papa, furieux.

J'étais sidéré, jamais il ne m'avait parlé sur ce ton. C'est vrai, j'avais tout gâché. Mais quand même ! J'ai eu l'impression qu'on m'envoyait un coup de poing dans l'estomac. J'ai regagné ma chambre pour pleurer sous mon drap.

Finalement, je trouve que c'est drôlement dur d'élever un chien. Et ce n'est que le premier jour…

Heureusement, tout n'est pas aussi difficile. C'est moi qui ai donné à manger à Polka à midi et je m'en suis bien sorti ! Il faut la faire asseoir avant de lui donner sa gamelle. Aussi, après avoir versé les croquettes, je l'ai regardée et j'ai ordonné « Assis », en lui appuyant sur l'arrière-train. Elle s'est assise immédiatement.

– Génial ! ai-je crié. Vous avez vu, elle m'obéit !

Comme je restais là, la gamelle à la main, prenant tout le monde à témoin de mon talent, papa m'a dit :

– Bon, maintenant qu'elle t'a obéi, ne la laisse pas languir, donne-lui ses croquettes. Sinon, elle ne comprendra plus rien.

J'ai vite obtempéré. Puis, nous sommes sortis de la pièce. Ça, c'est moche : nous ne devons pas la regarder manger. Florence a insisté sur ce point. Comme papy Flamel me l'avait expliqué, dans une meute de loups, le dominant mange le premier et les autres l'observent, attendant leur tour. Quand arrive le dernier, il n'y a plus personne pour le regarder.

Si nous ne respections pas cette règle, notre chienne penserait que nous la considérons comme le chef et elle refuserait ensuite d'obéir.

J'ai du mal à y croire. Moi, quand j'étais petit, je mangeais avant mes parents mais je ne me considérais pas comme le chef pour autant.

J'espère que ce que nous apprenons à Polka ne la rendra pas malheureuse.

Ce soir, après le dessert, maman a dit :

– Je finirais bien le repas par une sucrerie. Est-ce qu'il nous reste des pâtes de fruits ?

– Eh ! s'est écriée subitement Agathe, le regard bizarre, comme si une lampe s'allumait à l'intérieur de son crâne.

– Qu'est-ce qui t'arrive ? a demandé Ève. Tu as avalé ton dentier ?

– Toi ! a lancé Agathe, en tendant vers Ève un index accusateur. Tu me dois des carambars !

– Quels carambars ?

J'ai aussitôt mis mon grain de sel dans la conversation :

– Mais oui, ceux que tu lui as promis au mois de juin. Souviens-toi, tu as dit « Si un chien s'installe un jour dans cette maison, je te paie des carambars ».

– UN carambar ! J'ai dit un carambar !

– Oui, mais moi, je t'ai fait promettre un sachet géant, a repris Agathe. Et tu as promis !

– Devant témoins, ai-je précisé, en indiquant papa, maman et moi.

Ève était obligée de reconnaître l'évidence :

– D'accord bébé, tu les auras tes carambars. Tant pis pour tes dents...

– Je me brosse les dents plus souvent que toi.

Ça, c'est bien vrai. Agathe a une passion pour le brossage. Les dents, les ongles, les vêtements, les poupées, les peluches, tout y passe.

– Super ! ai-je ajouté. Prends-en des vrais au caramel, hein, pas aux fruits !

– Mêle-toi de tes oignons, toi ! s'est écriée Ève. En quoi est-ce que ça te regarde ?

– Ça me regarde parce que j'ai droit à la moitié des oignons en question ! Hein, Agathe ?

Ma petite sœur m'a jeté un regard ahuri. Je me suis dépêché d'expliquer :

– Le jour où j'ai trouvé l'annonce sur les chiens-guides d'aveugle, au mois de juin, Agathe m'a promis la moitié des carambars si je réussissais à obtenir un chiot.

– Ah ! La moitié des carambars ! Oui ! Pas la moitié des oignons... Parce que, les oignons, j'aime pas ça, a précisé Agathe, rassurée.

– C'est plutôt moi qui devrais les recevoir, ces carambars, a plaisanté maman.

– En effet, ma chérie, tu les mérites, a approuvé papa. Mais si je t'offrais plutôt une tablette de chocolat à la nougatine ?

Ben voyons, c'est celui qu'il préfère ! Je suis sûr qu'il espère en avoir sa part...

Pendant que nous débarrassions la table, papa nous a déclaré :

– Avis à tout le monde en général et à Mathieu en particulier : si Polka pleure ce soir et que je vais dans la cuisine, vous êtes priés de ne pas vous en mêler.

– Mais papa, je ne comprends pas, ai-je avancé timidement. Puisque tu dors dans la cuisine pour lui tenir compagnie, pourquoi ne pas la laisser coucher dans ta chambre ?

– La deuxième solution serait plus confortable, a précisé Ève.

– Mais, je ne suis pas allé dans la cuisine pour lui tenir compagnie. Je suis entré et, sans me soucier d'elle qui couinait et sautait dans mes jambes, j'ai pris une tasse et je me suis préparé un thé. Puis, je me suis assis à la table et j'ai savouré lentement ma boisson. Normalement, elle a dû comprendre que je venais là parce que j'avais à y faire et non pour m'occuper d'elle. C'est vrai que je me suis un peu endormi, ce n'était pas prévu au programme. Si je dois recommencer cette nuit, je tâcherai d'être plus performant.

– Mon pauvre chéri... a murmuré maman, hésitante, tu veux que je te relaie ?

– Pas question ! s'est écrié papa d'une voix ferme. Une promesse est une promesse ! Et je serais très vexé si tu pensais que je ne suis pas capable de la tenir !

Quel travail !

Dimanche 29 août

J'étais le premier réveillé ce matin. Je ne savais pas si j'avais le droit d'aller dans la cuisine. Devais-je préparer mon petit-déjeuner sans m'occuper de Polka ? La sortir ? Et s'il y avait des pipis par terre, comment nettoyer ? Hier, papa s'en était occupé pendant que j'emmenais la chienne au terrain vague, je n'avais pas vu comment il s'y prenait.

J'ai fini par me décider. L'horreur dans la cuisine, quand j'y suis entré ! Polka avait fait ses besoins partout, c'était absolument ré-pugnant ! L'idée de préparer mon chocolat dans ce dépotoir me soulevait le cœur. D'ailleurs, il fallait vite sortir la chienne avant qu'elle ne recommence, et sous mes yeux cette fois.

Quand je suis remonté, papa et maman se levaient. Maman a emmené Polka sur la terrasse pour qu'elle ne nous voie pas nettoyer. Si elle pensait que ses saletés nous intéressent, elle pourrait en faire d'autres, simplement pour qu'on s'occupe d'elle. Papa m'a montré comment remettre les lieux en état. Devant mon air écœuré, il a dit :

– Je pense que je vais avoir une petite conversation avec Ève. Si elle veut profiter des câlins et de l'affection de Polka, il faudra qu'elle prenne sa part des corvées, non ?

J'étais soulagé d'apprendre que papa était de mon avis. Parce que je crois que nous aurons plus de travail que prévu avec cette chienne. Plus que je n'en avais prévu, MOI.

D'ailleurs, je croyais que Polka n'avait pas pleuré cette nuit mais je me trompais. Papa a dû s'offrir un séjour d'un quart d'heure dans la cuisine.

Et puis, cet après-midi, Ève, Agathe et moi étions seuls à la maison. Papa nous avait confié la chienne avant de partir avec maman pour réaliser des photos dans la vieille ville. Nous étions tellement absorbés par la télé que nous avons oublié de sortir Polka. Résultat : une mare au milieu du couloir !

Je ne sais pas ce que papa avait raconté à Ève mais lorsque nous avons découvert « l'accident », elle ne s'est pas défilée, elle n'a même pas cherché à m'embaucher. Elle a pris la serpillière et le vieux seau réservés à cet usage et elle a nettoyé.

Depuis hier, elle semble aimer Polka autant que nous. Elle ne déclare plus « Elle n'est pas si moche que ça » mais « Elle est trop giga, cette chienne ! Je l'adore ».

Pas difficile ! Elle est a-do-ra-ble !

Quand papa et maman sont rentrés, Polka s'est précipitée à leur rencontre et a sauté dans leurs jambes. Papa a crié « Non » très durement, a saisi ses deux pattes avant et les a repoussées d'un mouvement sec. Notre pauvre chienne est retombée par terre lourdement et nous a jeté un regard triste... mais triste !

J'ai failli me rebeller et lancer à papa qu'il était trop sévère et qu'elle était trop petite pour comprendre. Cependant je me suis retenu. D'après ce que Florence nous a expliqué, je crois qu'il a raison. Mais est-ce que nous ne sommes pas méchants avec elle ? Elle est si... comment dire... si fragile !

Lundi 30 août

Victoire ! Polka a passé la nuit entière sans pleurer ! Par contre, je ne vous dis pas l'état de la cuisine, ce matin. Heureusement, c'est Ève qui a nettoyé...

Dans l'après-midi, Florence a téléphoné pour savoir comment nous nous débrouillions. Après lui avoir rapporté les détails du week-end, je n'ai pu m'empêcher de lui confier mes angoisses concernant notre sévérité.

– Vous nous demandez d'en faire un chien équilibré. Est-ce qu'on y arrivera en lui interdisant sans arrêt quelque chose ?

– Ne t'inquiète pas, nous avons beaucoup réfléchi et nous continuons à réfléchir au comportement du chien, à ses besoins, à son instinct. Nous ne demandons rien qui lui soit néfaste. Est-ce que tu connais la devise de l'École ? « Tout pour l'aveugle mais rien au détriment du chien. »

– Ah oui ? C'est vraiment ça ?

– Vraiment. Et puis tu sais, si on ne donne pas de règles à son chien, il devient capricieux, envahissant et personne ne le supporte plus, ce que l'animal perçoit très bien. C'est le meilleur moyen pour qu'il soit anxieux et mal dans sa peau.

Ce soir, pendant qu'Ève, Agathe et moi regardions la télé, assis sur le canapé, Polka est venue couiner à nos pieds pour que nous la prenions. Ève l'a attrapée et installée sur ses genoux. J'ai protesté :

– Elle n'a pas le droit de monter là…

– Oh, la barbe ! a répliqué Ève. Si on n'a pas le droit de la câliner, à quoi ça sert d'avoir une chienne ?

– On ne l'élève pas pour nous mais pour un aveugle, ai-je tenté, sans grande conviction.

– Cause toujours…

Je n'ai pas insisté parce que j'étais juste à côté de Polka et elle levait sur moi un regard à faire fondre un iceberg. Mais, peu après, maman est entrée dans la pièce et s'est écriée :

– Ah non, pas la chienne sur le canapé ! Regardez, ses poils clairs sur le velours bleu marine ! D'ailleurs, si je me souviens bien, Florence s'y opposerait, elle aussi…

– D'accord, d'accord, a gémi Ève, en se laissant glisser par terre avec la chienne. Comme ça, ça te va ?

– Génial ! ai-je crié, en m'asseyant à mon tour sur le tapis. Dans cinq minutes, tu me la passes !

– Et moi après ! a ajouté Agathe en nous rejoignant.

– Vous faites un beau trio, a déclaré maman, avec un sourire indulgent.

– Un quatuor, a rectifié Ève, tu oublies Polka.

– C'est parfait ! a conclu maman. Pendant un an, Julius et moi prendrons nos aises sur le canapé !

Mercredi 1er septembre

Demain, c'est la rentrée. Si seulement je pouvais emmener Polka avec moi ! Une journée entière sans elle, ça sera interminable.

Ève aime bien la cantine alors qu'Agathe et moi aurions préféré manger à la maison, cela nous aurait permis de voir la chienne à midi. Mais papa n'est pas d'accord :

– Si je dois faire les courses, la cuisine et la vaisselle, ce n'est pas la peine d'avoir pris un congé, je n'aurai pas le temps de travailler. Si vous voulez que votre père devienne un peintre célèbre, il faut lui en donner les moyens, a-t-il ajouté en riant.

Je reconnais que j'ai été très fier le jour où sa photo a paru dans le journal parce qu'il avait organisé une exposition. Et quand il a vendu sa première toile, j'ai sauté de joie.

Alors, d'accord, je me sacrifie, je mangerai à la cantine.

Grosses bêtises...

Samedi 4 septembre

Zut ! Nous irons acheter le matériel scolaire avec maman. C'est plus sympa avec papa parce qu'il y a deux mots magiques : « moche » et « beau ». Si j'ai envie d'un classeur à la mode mais cher et qu'il m'en propose un meilleur marché, il suffit de prendre un air désespéré et de gémir :

– Oh non, il est trop moche ! Je ne peux pas travailler avec des choses moches !

Ève vient alors me soutenir (elle sait bien que j'en ferai autant pour elle) et lance d'un ton de reproche :

– Ouais ! Il a raison, on ne peut pas se concentrer si on n'a pas quelque chose de beau sous les yeux ! Tu ne te rends pas compte, c'est important !

Papa cède parce qu'au fond il est fier que ses enfants soient sensibles à la beauté. Ça marche à chaque fois. Enfin... à condition de ne pas réclamer dix classeurs de luxe évidemment.

Avec maman, c'est très différent. Nous sommes à peine dans le magasin qu'elle établit un prix moyen pour chaque article. Nous pouvons négocier un cahier Coca-Cola ou Nike mais à condition d'en accepter un autre dans la gamme premier prix, aux couleurs criardes, que nous n'oserons utiliser en classe qu'en le camouflant sous les stickers. Inutile de lui parler « beau » ou « moche », elle nous répond « prix ».

Or papa vient de recevoir un coup de téléphone d'une coopérative de viticulteurs qui va organiser une exposition-vente de vins. Le directeur a apprécié ses tableaux représentant des vignes de la région et il veut lui commander l'affiche annonçant l'exposition. C'est génial ! Oui, mais... papa doit rencontrer le directeur de toute urgence... c'est-à-dire maintenant.

– Et nos courses, alors ? s'est écriée Ève. Si je n'ai pas mes affaires lundi prochain, je me fais assassiner !

– Pas de panique, a répondu maman. Je vais vous accompagner. Nous laisserons la voiture à Julius et nous irons en bus.

– Et Polka, qu'est-ce qu'on en fait ? ai-je avancé, inquiet.

Papa, tout guilleret, ne voulait voir de problème nulle part :

– Il faudra bien qu'elle apprenne à rester seule de temps en temps. C'est une excellente occasion pour commencer. Je partirai après vous. Si vous ne traînez pas trop à choisir vos fournitures, elle ne restera pas seule plus d'une heure. Je lui mettrai la radio pour lui tenir compagnie. Puisqu'elle est sage la nuit, elle peut bien l'être aussi le jour.

Espérons qu'il a raison.

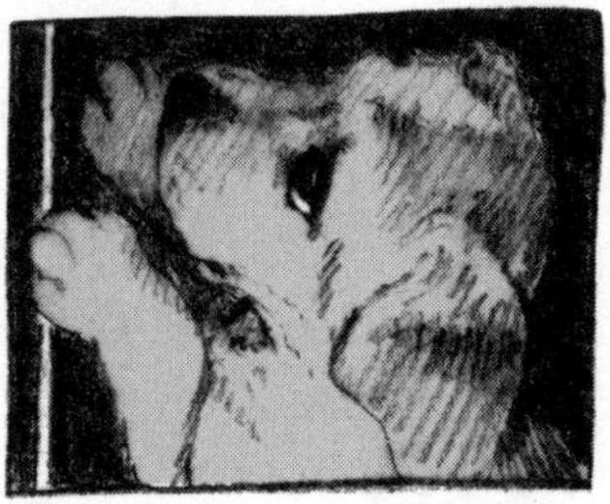

19 heures

Cahiers standard, trousses ordinaires, stylos premier prix, rien qui puisse provoquer des discussions et nous retarder. Jamais nous n'avons expédié nos courses aussi vite !

Pourtant, lorsque nous sommes revenus, nous avons entendu Polka hurler et aboyer depuis le hall d'entrée. Heureusement, les voisins sont absents.

Nous avons grimpé l'escalier au galop et nous sommes précipités à la cuisine. Horreur ! Une tornade avait dévasté la pièce. Pendant une seconde, je me suis demandé d'où sortaient les innombrables débris de papier qui jonchaient le sol. Puis j'ai compris. Depuis un mois, maman répétait qu'il faudrait refixer le papier peint qui se décollait dans un coin du mur de la cuisine. Ce n'était plus nécessaire... il était par terre, en vrac ! Arraché et déchiqueté sur au moins un mètre carré !

Maman s'est laissée tomber sur une chaise en gémissant. J'ai réfléchi à toute vitesse. Mon livret Canina a prévu ce genre de situation. Il est formel. Si on ne prend pas le chiot en train de commettre la bêtise, il ne faut pas le punir. Il ne comprend pas ce qu'on lui veut et ne peut qu'être terrorisé. Seule possibilité, le sortir de la pièce et nettoyer hors de sa présence.

J'ai donc envoyé Agathe sur la terrasse avec Polka, en lui recommandant de ne pas s'en occuper. Parce qu'il ne faut pas exagérer, on ne va tout de même pas la féliciter !

Puis, Ève et moi avons remis la pièce en état. Maman a esquissé un geste pour se lever.

– Ah non, toi, tu ne bouges pas, lui ai-je lancé d'un ton catégorique. C'est dans le contrat !

Alors, elle est restée assise, prostrée, contemplant les dégâts et se contentant de lever les pieds quand nous avons balayé sous sa chaise. À la fin, je lui ai dit :

– Je suis désolé, maman. Si tu veux, tu choisiras un de mes posters et on le collera à la place du papier.

– Tu es gentil, mon grand, a soupiré maman, mais je pense qu'il nous reste un rouleau de ce papier peint. D'ailleurs, si je n'avais pas été négligente, Polka n'aurait pas pu l'arracher. C'est un peu de ma faute.

Quand papa est rentré, il a accusé le coup puis il nous a félicités, Ève et moi, car nous avions agi exactement comme il fallait.

– Quoi ! On ne va pas la punir ? a protesté Agathe. Moi, quand j'ai découpé le livre de maman, j'ai reçu une claque sur les fesses et elle, on ne lui dit rien ? C'est dégoûtant !

– Oui, mais toi, tu es un être humain, tu es intelligente. Tu pouvais comprendre que tu avais commis une bêtise. Polka ne comprend pas.

– Alors, ça ne vaut pas le coup d'être intelligente…

Mardi 7 septembre

Ève était furieuse tout à l'heure, prétendant qu'Agathe ou moi avions fini le choco BN qu'elle avait entamé puis posé sur la table basse. Elle ne voulait pas croire que nous étions innocents. Puis, tout à coup, elle s'est calmée :

– Et si… et si… c'était…

Je voyais très bien à qui elle faisait allusion. Polka n'avait encore rien volé mais mon livret Canina assure que ça peut arriver.

Lorsque papa est remonté de son atelier et que nous lui avons exposé nos soupçons, il a décidé de passer à l'action. Il a mis un biscuit sur la table basse et s'est éloigné.

Ève et Agathe, postées dans la pièce, l'air indifférent, attendaient la faute. J'étais là aussi mais moi, j'avais plutôt envie de prévenir Polka qu'un piège lui était tendu, pour l'empêcher d'y tomber. Pourtant, je savais qu'il fallait en passer par là.

Bien sûr, elle s'est approchée, a reniflé le biscuit puis elle a commencé à le manger tranquillement. Papa s'est précipité, l'a saisie au garrot et, en la secouant, il a crié « Non » très fort. Et il lui a pris le gâteau. Mon pauvre petit bout de chou s'est retrouvé au milieu de la pièce, tout abasourdi.

Cinq minutes plus tard, papa a placé un nouveau biscuit. Même scénario. Même réaction. J'ai commencé à penser qu'elle exagérait, j'étais un peu découragé. Pas mon père. Il a installé un troisième biscuit et nous a chargés de surveiller les lieux. C'est alors que maman est rentrée. Du coup, nous avons oublié notre mission et, après avoir bavardé avec elle, nous nous sommes dispersés, la laissant installée sur le canapé, un jus d'orange à la main. Un quart d'heure plus tard, une exclamation de papa nous a fait accourir au salon :

– Oh non, les enfants, vous l'avez laissée faire !

– Zut, elle l'a mangé ! avons-nous crié en chœur.

– Mais… de quoi parlez-vous ? s'est inquiétée maman.

– C'est Polka, a expliqué Ève. Elle a mangé le choco BN qu'on avait mis comme appât pour lui apprendre à ne pas voler.

Maman a été prise de fou rire. Entre deux hoquets, elle a fini par bredouiller :

– Le gâteau… c'est… c'est moi… qui l'ai mangé !

Jeudi 9 septembre

Papa exagère ! Florence l'a appelé aujourd'hui pour savoir quand elle pouvait venir voir où en était Polka. Elle a proposé lundi à quinze heures et papa a accepté !!! Vraiment incroyable ! Est-ce que nous sommes à la maison, nous les enfants, le lundi à quinze heures ? Nous avons tellement râlé qu'il a rappelé Florence et a obtenu un rendez-vous mercredi à seize heures trente. Parfait, j'irai tranquillement à l'entraînement de gym à quatorze heures. Les cours reprennent justement la semaine prochaine et je ne veux pas en rater un. Cette année, il faut absolument que je m'améliore au cheval-d'arçons si je veux un jour participer à des championnats.

... et petits progrès

Mercredi 15 septembre

Nous avions déjà essayé de promener Polka en laisse mais, rien à faire, elle se laissait traîner comme un caillou au bout d'une ficelle. Florence a réglé le problème en une seule sortie. Nous sommes allés nous balader dans une allée piétonnière, longue et large, plantée d'arbres, l'avenue Jeanne-d'Arc.

Quand Florence lui a passé la laisse et qu'elle a voulu avancer, Polka s'est aplatie au sol, bien décidée à résister. Florence a alors demandé à Ève de se placer à deux mètres de la chienne et de l'appeler d'un ton joyeux. Polka est arrivée en frétillant. Florence l'a chaudement félicitée.

Elle félicite la chienne à chaque fois qu'elle exécute un ordre, même si Polka obéit par hasard. Si elle ordonne « En avant » et que

Polka avance, Florence la caresse et lui dit « C'est bien ». Après quelques essais, la chienne comprendra le lien entre l'ordre et l'action à accomplir, d'autant plus qu'elle verra que son maître est content.

En rentrant de promenade, notre petite coquine marchait sagement au bout de sa laisse comme si elle ne faisait que cela depuis des années. Nous avons eu droit aux compliments de Florence. Il paraît que, pour des débutants, nous nous en sortons très bien.

En partant, elle nous a rappelé le barbecue prévu samedi prochain pour les familles d'accueil. Comme si nous risquions d'oublier…

Samedi 18 septembre

Hyper-sympa, ce barbecue à l'École des chiens-guides ! Nous avons parlé avec des tas de gens que nous ne connaissions pas, échangé des conseils, des idées. Et appris comment les autres s'étaient débrouillés avec les frères et sœurs de Polka. Je suis bien content que nous n'ayons pas eu Pilote. Il paraît qu'il n'a pas cessé d'aboyer pendant les huit premières nuits, empêchant toute la famille de dormir. Mme Nérac a dû appeler l'École au secours. Pilote a été confié à une autre famille pour la nuit… et il n'a ni hurlé ni aboyé ! La honte pour

Mme Nérac ! Enfin, elle n'a pas l'air de trouver cela honteux. D'après elle, Pilote est « vraiment difficile ».

Quant à Ève, elle m'étonnera toujours. Je craignais qu'elle ne nous fasse une crise en revoyant son Pilote adoré. Pas du tout. Elle l'a à peine regardé et elle a passé son temps à couver Polka. Drôle de fille. Enfin, ne nous plaignons pas, nous avons profité une journée entière de sa bonne humeur.

Mardi 28 septembre

Polka a trois mois ! Elle fait 8,2 kilos. Quel cirque pour la peser ! Ève, Agathe et moi avons d'abord essayé de la mettre sur la balance mais nous n'arrivions pas à l'y faire tenir, il y avait toujours une patte ou deux à côté. Papa a rigolé en entrant dans la salle de bains parce qu'il connaît un système beaucoup plus simple. Il a pris Polka dans ses bras et s'est pesé avec elle. Puis il l'a posée et s'est pesé à nouveau, sans elle. Il ne restait plus qu'à faire la soustraction. Astucieux, non ?

Samedi 2 octobre

Comme je n'avais pas classe ce matin, je suis allé au grand marché de la place Leclerc avec papa… et Polka. Il faut l'habituer à la foule. Pour une première fois, nous n'avons pas voulu prendre de risques et nous y sommes allés avant l'heure de grande affluence. Polka s'est bien comportée. Elle n'était pas effrayée mais plutôt très intéressée par ce qu'elle voyait, entendait et sentait.

Nous avons croisé Princesse et Pistache, deux de ses sœurs et d'autres chiens plus âgés. Il faut dire que les familles d'accueil, qui prennent leur rôle à cœur, cherchent à entraîner leur chien au maximum et le marché est un terrain de manœuvre idéal !

Avec leur médaille qui les identifie comme futurs chiens-guides d'aveugle, nos toutous ont un succès fou. Des gens se sont arrêtés et ont engagé la conversation avec nous, ils ont caressé Polka, des dames l'ont même embrassée.

Vendredi 8 octobre

Génial ! Quand nous sommes entrés dans la cuisine, ce matin, le sol était impeccable ! J'ai complimenté la chienne, la couvrant de baisers. Mais papa m'a rappelé à l'ordre :

– Au lieu de la chouchouter, descends-la vite. Sinon, il va falloir la gronder parce qu'elle s'oublie.

Je me suis empressé d'obéir.

Quand je suis remonté, j'ai demandé à papa, plein d'espoir :

– Tu crois qu'il n'y aura plus d'accidents la nuit ?

– Ça m'étonnerait. Je pense plutôt que, pendant quelques semaines, nous aurons de temps en temps une bonne surprise et que cela se produira de plus en plus souvent jusqu'au jour où elle sera vraiment propre.

Pendant des semaines ? Zut alors, moi qui croyais que c'était gagné ! Parce que nettoyer les pipis le matin à jeun, je commence à en avoir assez !

Ève pique sa crise

Dimanche 24 octobre

Ève boude depuis deux jours car nous partons chez papy et mamie Gibert pendant les vacances de Toussaint et que nous n'emmenons pas Polka ! Mamie a discrètement posé la question à maman, l'autre jour au téléphone.

– Vous avez des amis qui peuvent garder votre chienne en votre absence ?

– Ne t'inquiète pas, l'École s'en occupe, a répondu maman. Notre chienne sera prise en charge par une autre famille.

– Très bien ! Vous aurez l'occasion de souffler !

– Qu'est-ce qu'elle s'imagine ? s'est écriée Ève, quand maman nous a rapporté la conversation. On n'a pas besoin de souffler. Elle est mignonne, notre Polka !

– Tout de même, certains jours elle nous fait tourner en bourrique, a répliqué papa.

– Oui. On se demande parfois comment elle pourra un jour guider patiemment un aveugle, ai-je ajouté, hésitant à avouer mes doutes.

– Évidemment, elle n'a que quatre mois ! a protesté Ève. C'est comme si on demandait à un enfant de cinq ans d'être président de la République ! Laissez-lui le temps de grandir. Maman, a-t-elle ajouté d'un ton geignard, pourquoi est-ce qu'on ne l'emmène pas ?

Et c'était parti. Elle nous a fait son cirque toute la soirée et a fini par aller bouder dans sa chambre. Un vrai bébé !

Mercredi 27 octobre

Ce matin, en partant pour Châlons, nous avons déposé Polka à l'École. Ève nous a joué la grande scène des adieux déchirants, couvrant la chienne de baisers et pleurant toutes les larmes de son corps.

Papa a dû se fâcher, car la folie gagnait Polka qui a commencé à pleurnicher. Il a fallu consigner Ève dans la voiture pendant qu'Agathe et moi promenions la chienne pour la calmer. Ève avait réussi à contaminer Agathe.

– Tu crois qu'elle sera bien dans l'autre famille ? m'a-t-elle demandé d'une petite voix.

Je n'en avais pas la moindre idée. D'ailleurs, moi aussi j'étais inquiet de laisser ma chienne à des inconnus mais je l'ai rassurée :

– Évidemment qu'elle sera bien ! Ils l'attendent avec impatience. Et puis, ils ont un grand jardin, elle pourra courir partout.

J'avais peur qu'Ève soit désagréable avec mamie en arrivant à Châlons mais non, elle a fait bonne figure.

Jeudi 28 octobre

Après le repas de midi, au moment du café, nous avons frôlé le cataclysme ! Ève, assise sur l'accoudoir du fauteuil de papa, lui a soufflé :

– Tu crois que Polka s'ennuie ?

Mamie est intervenue en riant :

– Mais non, bien sûr ! Tu ne vas pas te morfondre pour une chienne. Tu la retrouveras lundi, ta Polka.

– Évidemment, toi, tu t'en fiches, a répliqué Ève, tu n'aimes pas les bêtes ! Et d'ailleurs, pourquoi tu ne les aimes pas ?

– C'est mon affaire, ma petite fille ! Je ne supporte pas la proximité des animaux, c'est ainsi !

– Eh bien, franchement, je ne comprends pas. Il y a pourtant plein d'animaux sympas. Et les chiens ? Pourquoi tu ne les aimes pas ?

– Tu sais très bien que j'ai été mordue par un berger allemand.

– Je me demande ce que tu lui avais fait pour qu'il te morde !

Mamie a pâli et n'a rien trouvé à répondre. Avant qu'on lui ordonne d'aller dans sa chambre, Ève est sortie sans oublier de claquer la porte au passage. J'étais sidéré. Comment pouvait-elle être aussi méchante ? Surtout avec mamie qui est aux petits soins pour nous.

Papa s'est dressé en grondant :

– Ça ne va pas se passer comme ça !

– Finis ton café, Julius, a conseillé papy. Inutile de te précipiter, laisse-lui le temps de se rendre compte. Tu iras tout à l'heure.

– Que voulez-vous, c'est l'âge ingrat, a soupiré mamie.

– L'âge bête plutôt, a grogné papa.

Et ils ont repris leur conversation comme si de rien n'était. J'avais envie de jouer au cochon-qui-rit avec Agathe. Malheureusement, les jeux sont rangés dans la chambre que je partage avec Agathe… et Ève.

Je craignais d'être chassé à coups de griffes mais j'ai pu entrer sans problème.

Ève, allongée sur son lit, fixait le plafond. Elle n'a pas prononcé un mot. J'ai farfouillé longtemps avant de retrouver le jeu, coincé sous un carton.

Au moment où j'ouvrais la porte pour sortir, papa est arrivé :

– Ève, je n'ai pas besoin de t'expliquer ce que je pense de ta conduite. Je voudrais juste te demander quelque chose...

– ...

– Y a-t-il un animal que tu détestes ?

– Pourquoi ?

– Réponds-moi.

– Heu... oui... le serpent...

– Bon. Alors, essaie d'imaginer que quelqu'un de la famille passe plusieurs jours à la maison en amenant sa couleuvre apprivoisée. Qu'il la laisse circuler librement en te disant qu'elle est adorable et en te forçant à lui caresser la tête. Comment réagirais-tu ?

Ève a ouvert la bouche pour répondre mais papa a ajouté :

– Non, je ne veux pas de réponse maintenant. Nous partons nous promener. Toi, tu vas rester ici pour réfléchir et, quand nous reviendrons, tu me donneras tes conclusions.

Nous avons fait une grande promenade dans la campagne. Quand nous sommes rentrés, Ève nous guettait. Discrètement, elle est allée trouver papa et maman qui rangeaient des affaires dans leur chambre. Un moment après, elle est ressortie et a quitté l'appartement. À son retour, elle tenait un bouquet qu'elle a offert à mamie en lui disant :

– Pardon, mamie, j'ai eu tort tout à l'heure. Si tu n'aimes pas les bêtes, c'est ton droit...

Mamie l'a serrée contre elle et l'a embrassée en murmurant :

– Allons, allons, c'est oublié.

Puis, elle m'a envoyé chercher des gâteaux à la pâtisserie du coin de la rue. Ainsi, grâce à Ève, nous avons fait la fête !

Lundi 1er novembre

Nous avons retrouvé Polka en pleine forme. Apparemment, elle ne s'est pas ennuyée. Comme nous avions raté son anniversaire du mois (elle a eu quatre mois le 28), nous nous sommes dépêchés de la peser : 11,6 kilos. Je vous jure qu'elle devient lourde à porter !

Jeudi 4 novembre

J'ai dix ans ! J'ai le droit de m'asseoir à l'avant dans la voiture, avec Polka à mes pieds !

On a fait un repas de fête, ce soir, et j'ai eu de chouettes cadeaux. Celui que j'ai le plus aimé, que j'ai même adoré, c'est le cadeau de papa : un tableau de Polka et moi qu'il a peint d'après une photo prise lorsqu'elle avait deux mois. J'ai posé la toile sur le buffet de la salle à manger et je l'ai contemplée pendant tout le repas.

Agathe et Ève ont verdi de jalousie à la vue de mon cadeau ! J'en étais même un peu gêné.

– Il est dans combien de temps, mon anniversaire ? a demandé ma petite sœur.

– Dans presque quatre mois, a répondu maman, le 26 février.

– Oh là là, c'est trop long, a gémi Agathe.

– Et moi alors, qu'est-ce que je devrais dire ? a râlé Ève. Le 7 mai, c'est dans une éternité ! Polka sera presque adulte...

– Un tableau peut aussi s'offrir à Noël, a suggéré papa.

– Oui ! ont crié les deux filles, réconfortées.

Samedi 6 novembre

Aujourd'hui, j'avais invité mes copains pour mon anniversaire.

Ça s'est bien passé mais je suis assez vexé. J'avais décidé de faire une démonstration pour qu'ils voient comme Polka m'obéit bien, seulement cette idiote n'a rien voulu savoir. Elle a passé son temps à dormir ou à accumuler les bêtises : manger les friandises que nous laissions tomber, mordiller mes cadeaux, sauter dans les jambes de ceux qui s'excitaient. J'avais l'air malin, moi qui n'arrête pas de clamer que ma chienne est bien élevée.

Par contre, les copains ont été très impressionnés par mon tableau. Aucun d'entre eux n'a son portrait peint à l'huile. D'ailleurs, aucun n'a un père artiste peintre.

– Tu crois que ton père me peindrait avec mon chien ? m'a demandé Jérémy.

Je n'ai pas perdu le nord, j'ai répondu :

– Ça dépend combien tu peux payer.

– C'est cher ?

– Ben... ben... je ne sais pas.

Il faudra que je demande ses tarifs à papa. Après tout, je pourrais lui faire de la pub à l'école.

Vendredi 12 novembre

Sale bête ! Elle a esquinté ma voiture à friction ! Je ne jouais plus très souvent avec mais quand même.

Elle fait ses dents en ce moment et elle est vraiment énervante. Elle mordille et ronge tout ce qu'elle trouve.

Du coup, nous passons notre temps à nous faire gronder parce que nous laissons traîner nos affaires. Donc nous passons aussi notre temps à les ranger. Ras-le-bol !

Mercredi 17 novembre

Florence est venue nous voir aujourd'hui pour faire le point sur l'éducation de Polka. J'avais peur que la chienne ne nous fasse honte, car elle est assez pénible en ce moment. Je craignais que Florence trouve que nous nous y prenons mal. Mais non, Polka a été adorable, un amour !

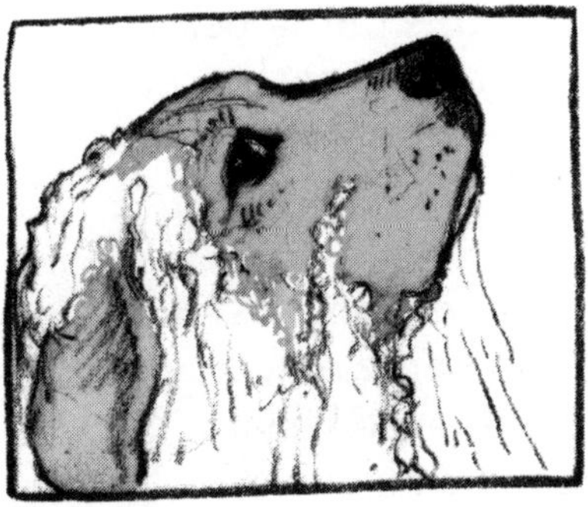

Un sacré shampooing

Vendredi 19 novembre

Grande discussion à table, ce soir ! Ève veut acheter un spray pour se teindre les cheveux en bleu !

– Juste une mèche ! Juste pour la boum chez Julie ! a-t-elle supplié.

Papa n'était pas enthousiaste mais maman trouvait l'idée amusante, ils ont donc donné leur accord.

– Ah non, la teinture, ça ne part pas ! me suis-je écrié. Mes copains se moqueront de moi, ils diront que je suis le frère d'une folle…

– Mêle-toi de tes affaires, a riposté Ève. D'ailleurs, monsieur l'ignorant, tu sauras que ce genre de teinture part au shampooing.

– Ouf, tu me rassures, je n'aurais pas aimé vivre avec la Schtroumpfette pendant des semaines.

– Pffff... les Schtroumpfs ont la peau bleue, pas les cheveux! a rectifié Agathe d'un ton docte.

Jeudi 25 novembre

Je vis dans une maison de dingues! Agathe a attrapé le virus. Tout à l'heure, elle s'est enfermée dans la salle de bains avec Polka... et elle a teint le dos de la chienne en bleu!

Puis elle a dû se rendre compte de sa bêtise, car elle s'est cachée dans sa chambre. Polka est arrivée dans le salon, tout énervée. Lorsque j'ai vu cette chose jaune et bleue qui trottinait vers nous, j'ai cru que les Martiens avaient débarqué. Il m'a bien fallu deux secondes pour comprendre ce qui s'était passé. Ève a hurlé :

– Mon spray!

– Tu ferais mieux de te préoccuper de la chienne! ai-je protesté. C'est sûrement mauvais pour elle. Les chiens ont le poil fragile.

Agathe a entendu depuis sa chambre. Elle s'est précipitée en sanglotant :

– Je voulais pas lui faire du mal! Elle va pas mourir, hein?

– Mais non, idiote...

C'est ce que j'ai répondu alors qu'au fond j'ignorais l'effet du spray. J'ai commencé à paniquer.

– Ève, qu'est-ce qu'il faut faire ? ai-je crié. C'est toi l'aînée, trouve une idée !

– Mais... je ne sais pas. Il faut attendre que papa ou maman rentre...

– Et si sa peau s'abîme pendant ce temps ? Appelons le vétérinaire !

Je me suis jeté sur le téléphone. Le docteur Parisi nous a rassurés. Il suffisait de laver Polka avec un shampooing pour chien et tout rentrerait dans l'ordre. Il nous a quand même conseillé de ne pas renouveler ce genre de fantaisie...

Mais nous n'avions jamais shampooiné Polka, nous avions juste secondé papa. Or Agathe insistait pour qu'on agisse tout de suite. Évidemment, elle ne tenait pas à ce que papa ou maman voie le résultat de ses manœuvres. Nous avons donc retroussé nos manches... ce qui était une précaution nettement insuffisante.

Quand papa est rentré, il nous a trouvés dans la salle de bains, trempés de la tête aux pieds, tentant de maintenir Polka sous le jet de la douche. Le poil de la chienne dégoulinait d'un jus bleuâtre qui s'étalait dans le fond de la baignoire. Agathe riait comme nous à ce spectacle.

Mais, quand nous avons expliqué la situation à papa et qu'elle a vu son air mécontent, elle s'est remise à pleurer bruyamment... ce qui lui a évité de trop se faire gronder.

Dimanche 28 novembre

Polka a cinq mois. Elle grandit bien et pèse maintenant 15 kg.

Jeudi 2 décembre

Mon père devient célèbre, il a reçu une commande de tableau ! Et c'est grâce à moi ! Enfin... un peu. La mère de Jérémy est passée à la maison en cachette de son fils, tout à l'heure. Elle voulait voir la toile que papa m'a offerte pour mon anniversaire. Elle l'a trouvée géniale et a demandé à papa d'en réaliser une de son fils avec leur chien Malibu, pour Noël. Elle n'a pas discuté le prix, simplement elle veut le portrait pour le 20 décembre.

Elle nous fera parvenir des photos dès demain. Elle est très enthousiaste et je suis fier de mon père. Peut-être qu'un jour ses tableaux seront dans un musée.

Mardi 14 décembre

D'accord, c'est un peu de ma faute mais Ève n'avait qu'à ranger ses affaires !

J'étais seul dans le salon en train de regarder un reportage passionnant sur la NASA. J'ai vaguement vu que Polka faisait ses dents sur quelque chose mais j'ai cru que c'était sur son os en peau de buffle. Quand Ève est entrée dans la pièce, elle a hurlé :

– Mes Nike !

Et elle s'est jetée sur la chienne pour lui arracher de la gueule l'une de ses baskets. Elle lui a flanqué une claque sur le postérieur, en criant :

– Crétine ! Des baskets à soixante euros !

Maman est accourue en entendant crier. D'habitude, elle corrige notre langage (surtout celui d'Ève !) mais là, elle n'a rien dit. Nous étions consternés. Ève qui tenait absolument à des baskets de marque, alors que maman n'était pas d'accord, en a payé une partie. Et c'était il y a seulement trois mois ! Je cherchais des paroles réconfortantes mais je n'ai pas eu le temps d'en trouver. Ève s'en est prise à moi :

– Et toi qui regardes la télé vautré comme une limace, tu ne pouvais pas faire attention ? C'est de ta faute, aussi !

Eh là, doucement ! Je veux bien m'adresser des reproches mais je ne veux pas qu'elle se croie autorisée à me les jeter à la figure. J'ai répliqué :

– Dis donc, je ne suis pas mandaté pour surveiller tes baskets !

J'ai lu cette expression dans un bouquin et j'étais assez content de la caser au bon moment. Ève m'a regardé comme si je lui parlais chinois et n'a rien trouvé à répondre. Elle a haussé les épaules et s'est tournée vers maman qui examinait les dégâts.

Finalement, il y a plus de peur que de mal, Ève continuera à mettre ses Nike. Évidement, on voit que le pied droit a été mâchonné. Mais on porte bien des jeans déchirés, ma sœur n'aura qu'à lancer la mode de la chaussure droite mâchouillée...

Mamie et Polka

Samedi 18 décembre

Papy et mamie Gibert viennent pour Noël. D'habitude, je suis très content de leur visite mais là, ça pose un problème. Qu'allons-nous faire de Polka ? Nous pourrions peut-être la confier à une autre famille. Papa et maman hésitent à demander à Florence, car il y a sans doute beaucoup de gens qui partent et qui auront plus que nous besoin de confier leur chien. Et puis, Noël sans Polka, ce serait triste.

Dimanche 19 décembre

On garde Polka à Noël ! Mamie a appelé ce matin et papa lui a carrément posé la question. Elle a répondu qu'elle pouvait très bien supporter un chien pendant trois jours à condition qu'il ne grimpe pas sur son lit et qu'il ne lui saute pas dessus pour lui dire bonjour.

Ouf, pas de problème ! Polka fait des bêtises mais pas celles-là. Quand même, j'espère qu'elle sera sage. Je me demande si nous ne devrions pas l'entraîner de façon intensive avant le 23 décembre. Réviser sérieusement « Assis », « Couché », « Ta place », « Pas bouger »...

Lundi 20 décembre

Papa a achevé le portrait de Jérémy avec son chien Malibu. Il n'est pas tout à fait aussi réussi que le mien avec Polka, mais pas mal. La mère de Jérémy est passée le prendre tout à l'heure et elle m'a recommandé de ne rien dévoiler à Jérémy. C'est une surprise pour Noël. Elle me l'a répété deux fois. Qu'est-ce qu'elle croit ? Je suis parfaitement capable de garder un secret. Je regrette seulement de ne pas voir la tête de mon copain quand il ouvrira son paquet.

Jeudi 23 décembre

Quand papy et mamie sont arrivés, Polka leur a joué son grand numéro de chienne bien élevée. À croire qu'elle avait compris qu'elle devait garder ses distances.

Quand la sonnette a retenti, papa lui a ordonné « Ta place » et elle s'est couchée sur son tapis dans le salon. Elle n'y est pas restée longtemps, c'est vrai, mais, lorsqu'elle est venue voir ce qui se passait dans l'entrée, elle ne s'est pas précipitée sur les arrivants. Elle a juste agité la queue quand mamie lui a caressé le dos en lui disant « bon chien ». Car mamie l'a caressée ! Oh, du bout des doigts, mais tout de même, je n'aurais pas cru cela possible...

Vendredi 24 décembre

Nous avons eu la frousse de l'année !

Mamie a la fâcheuse habitude d'enlever ses chaussures lorsqu'elle regarde la télé. Quand elle s'est installée avec papy et maman pour suivre un jeu télévisé, elle a donc retiré ses mocassins qu'elle a rangés à côté du canapé. Papa ouvrait les huîtres du réveillon dans la cuisine, Ève et moi jouions aux dames sur la table de la salle à manger. Quant à Agathe, elle allait des uns aux autres et a fini par partir dans sa chambre (enfin, dans la mienne plutôt, puisqu'elle a prêté la sienne à papy et mamie).

À la fin de l'émission, mamie s'est levée pour aller proposer de l'aide à papa.

– Tiens, où sont mes chaussures ? Je les avais posées là ! s'est-elle exclamée.

Maman s'est dressée, toute pâle, et a demandé :

– Où est Polka ?

– Oh non... ai-je gémi.

La chienne était couchée sur son tapis, non loin du canapé. Elle a dressé la tête en entendant son nom. Pas de mocassins à côté d'elle mais ça ne prouvait rien.

– Qu'est-ce qui vous arrive ? a dit papy en interceptant nos regards affolés.

– Rien, rien, a répondu Ève d'un air fébrile.

Et nous avons commencé à chercher partout sans trouver ni chaussures ni même le moindre débris de cuir. Incroyable, la chienne n'avait pas pu les manger complètement ! Agathe est sortie de ma chambre, mon MP3 à l'oreille.

– Qu'est-ce que vous faites ? a-t-elle demandé, nous voyant fouiller sous les meubles.

– Polka a bouffé les chaussures de mamie, lui a chuchoté Ève. On cherche les restes...

– Mais non, c'est moi qui les ai rangées ! s'est écriée Agathe.

Triomphalement, elle a ouvert la porte du débarras et nous a désigné les mocassins qui trônaient sur une étagère.

– J'avais trop peur que Polka les mange, alors je les ai mis à l'abri. Là, j'étais sûre qu'elle ne pourrait pas les attraper.

Nous avons rendu ses chaussures à mamie qui nous a trouvés très serviables de déployer tant de zèle à les retrouver. Elle ne sait pas à quel péril elles ont échappé !

Samedi 25 décembre

Je ne suis plus le seul à avoir un tableau avec Polka peint par papa, Ève et Agathe ont eu le leur. Mais je trouve que le mien est le plus beau !

Lundi 27 décembre

Papy et mamie viennent de partir. En enfilant son manteau, mamie a déclaré :

– Bravo à votre petite Polka. Je n'irai pas jusqu'à prétendre que maintenant j'aime les chiens mais elle ne m'a pas du tout dérangée. Je vous assure que c'est un exploit !

Pas besoin de nous le dire, nous sommes au courant. Et nous avons apprécié le compliment !

Mardi 28 décembre

Polka a six mois. La moitié d'un an. La moitié du temps où nous l'avons tout à nous...

Elle pèse maintenant 18,5 kg.

Mercredi 5 janvier

Polka est un vrai amour en ce moment. Gaie, affectueuse et plutôt sage. D'ailleurs, elle mâchouille beaucoup moins nos affaires.

Florence nous a donné le gilet à l'effigie de la COTRA (la société de transports en commun) qui permet à Polka de voyager en bus. Et, comme elle est assez raisonnable maintenant, nous avons décidé de tenter l'expérience. C'est important car « son » aveugle, ne pouvant conduire une voiture, utilisera sans doute ce moyen de transport.

Ce matin, papa, Polka et moi nous sommes donc présentés à l'arrêt du bus. Nous ne savions pas comment Polka réagirait et nous avions mis au point une stratégie :

– Si elle refuse de monter, m'a dit papa, je la prends par les pattes avant, tu attrapes les pattes arrière et on la hisse à l'intérieur. On s'arrangera pour la coincer entre nous. Nous monterons au milieu, il y a plus de place.

Mon cœur battait fort quand le bus s'est arrêté devant nous. Papa et moi étions prêts à l'action. La porte du bus s'est ouverte. Polka, de l'air indifférent de qui prend le bus quatre fois par jour, a grimpé les deux marches et s'est affalée au pied du composteur. Je me suis senti un peu ridicule avec mes prévisions musclées.

Bravo, ma Polka, tu seras une super guide d'aveugle !

L'accident

Mardi 11 janvier

Papa n'est pas là ! Agathe et moi venons de rentrer de l'école et nous ne l'avons trouvé ni à la maison ni à l'atelier. La porte vitrée était verrouillée mais il n'avait pas baissé le volet. Pourtant, quand il part, il le ferme toujours car il a tout son matériel à l'intérieur. En plus, la voiture n'est pas garée dans la cour et il ne nous a pas laissé le moindre mot.

17 heures 30

C'est terrible ! Polka a eu un accident ! Papa vient d'appeler pour nous prévenir. Au ton de sa voix, j'ai senti qu'il était très inquiet, même s'il a prétendu que ce n'était « pas trop grave ». Elle a quand même une patte cassée, avec une « fracture pas évidente ». Papa ne nous a pas donné de détails car il téléphonait de chez le vétérinaire ; il a juste expliqué qu'une moto avait renversé la chienne, heureusement « pas très violemment ». J'ai peur. Quand papa commence à nous sortir des « pas trop » et des « pas très », c'est que ça va mal !

Agathe s'est mise à sangloter. Il a fallu que je lui raconte des tas de mensonges réconfortants. Maintenant elle renifle, assise sur mon lit, un peu calmée.

17 heures 45

Quel idiot je suis ! J'ai eu le malheur de murmurer « J'ai peur ! Qu'est-ce qui va se passer ? » et Agathe a recommencé à pleurer.

Elle pleurait si fort que Mme Houdan, la voisine, est montée voir si nous avions un problème. Elle a réussi à consoler ma sœur en lui expliquant que sa petite chienne avait eu elle aussi une patte cassée et que ce n'était rien du tout. Elle nous a proposé de descendre chez elle pour attendre le retour de papa ou maman mais nous n'avons pas accepté. On ne sait jamais, si papa rappelle…

18 heures 25

Ève et maman sont arrivées avant papa. Quand on leur a raconté ce qui s'était passé, Ève est devenue toute pâle. Elle a demandé :

– On peut appeler le vétérinaire ?

– Ça ne servira à rien, a répondu maman. Et on risque de le déranger. Il est peut-être en train d'opérer Polka.

Au mot « opérer », Agathe s'est remise à pleurer en s'accrochant au pull de maman. Là, j'ai craqué. J'ai éclaté en sanglots et je me suis jeté dans les bras de maman en criant :

– Qu'est-ce qui va arriver à notre Polka ? Est-ce qu'elle va guérir ?

– Évidemment ! Le docteur Parisi va lui arranger sa patte, l'os se ressoudera et ensuite elle galopera comme avant !

– Tu crois ?

– J'en suis sûre ! a affirmé maman, en déposant un énorme bisou sur mon front.

Ève a essuyé d'un revers de manche deux grosses larmes qui coulaient sur ses joues. Puis, elle s'est approchée pour poser sa tête sur l'épaule de maman. Nous étions comme des oisillons affolés qui se serrent les uns contre les autres pour se réconforter.

19 heures 30

Papa est enfin rentré. Quand j'ai vu qu'il ne ramenait pas Polka, j'ai cru qu'elle était morte. Au bruit de sa clé dans la serrure, tout le monde s'était précipité à sa rencontre. Nous le regardions fixement, n'osant poser de question.

– Elle va bien, le docteur Parisi a réduit la fracture et lui a posé une broche, nous a-t-il rassurés. Il la garde jusqu'à demain matin pour surveiller son état général.

Il nous a aussi expliqué ce qui s'était passé. Vers quatre heures et demie, il a arrêté de peindre et est sorti de son atelier. Polka a couru s'ébrouer dans le terrain vague.

À cet instant, une moto est arrivée du passage aux Arènes, pétaradant tant et plus. Papa a perdu son sang-froid. Au lieu d'ordonner « Pas bouger », il a crié « Polka ! » La chienne s'est précipitée vers lui, passant devant la moto. Le conducteur a freiné en faisant un écart pour l'éviter mais Polka, complètement affolée, a changé de direction et s'est cognée dans l'engin presque au moment où il stoppait. Le choc n'a pas été violent mais suffisant pour bousculer Polka qui s'est mal reçue sur sa patte arrière gauche. Bilan, une fracture compliquée.

– Est-ce qu'elle a très mal ? a demandé Agathe, d'une petite voix.

– Non, elle est encore à moitié endormie par l'anesthésie qu'elle a subie. Elle va passer une bonne nuit et nous irons la chercher demain matin, a répondu papa.

21 heures

Le repas a été lugubre. Maman a tenté de détendre l'atmosphère, nous posant des questions sur notre journée. Mais, à chaque fois, nous grognions trois mots de réponse, elle a donc fini par renoncer. Papa était le plus renfrogné.

– Je m'en veux, a-t-il répété plusieurs fois.

– C'est un accident, tu n'y peux rien, a répondu maman.

– Oh si ! Pour une fois qu'il était important de donner un ordre clair à Polka, il a fallu que je me trompe...

Nous avons protesté mollement mais, au fond, nous étions d'accord avec lui. Pourtant, comment lui en vouloir ? À sa place, j'aurais sûrement réagi de la même façon.

Maintenant, je suis au lit mais je n'arrive pas à dormir. Que fait Polka en ce moment ? Est-ce qu'elle dort tranquillement, comme le dit papa ? Ou bien pleure-t-elle parce qu'elle souffre ? Ça doit faire mal, une patte cassée...

Mercredi 12 janvier

Elle est trop gentille, notre Polka ! Quand elle nous a vus arriver, elle a voulu se lever mais elle a dû se rallonger en gémissant.

Nous l'avons serrée dans nos bras en faisant attention de ne pas toucher au gros bandage qu'elle a à la patte. Elle couinait et nous léchait la figure en agitant la queue. Ah, c'était trop bon de la retrouver !

Papa l'a portée pour monter l'escalier mais, dans l'appartement, elle parvient à se déplacer sur trois pattes. Elle reste beaucoup allongée sur son tapis, dans le salon.

Au début, nous nous sommes installés près d'elle avec nos affaires mais, quand maman est rentrée, elle nous a dit que nous l'empêchions de se reposer. La mort dans l'âme, nous avons regagné nos chambres et nous venons voir toutes les demi-heures comment elle va.

Jeudi 13 janvier

Maman lui a changé son pansement. Quelle horreur ! Elle a des vis qui lui rentrent dans la patte ! C'est pour fixer les broches qui maintiennent l'os en place. Quel boucher, ce vétérinaire ! Pourquoi ne lui a-t-il pas mis un plâtre, tout simplement ?

Mercredi 26 janvier

Le docteur Parisi a enlevé son bandage à Polka. Tout va bien mais comme les plaies ne sont plus protégées, il faudra les nettoyer et appliquer une pommade deux fois par jour. Papa, ne voulant pas donner à maman ce surcroît de travail (toujours notre fameux contrat), a essayé ce soir de se charger des soins. Mais, le pauvre, il manque de tourner de l'œil lorsqu'il aperçoit le moindre bobo. D'ailleurs, je suis un peu comme lui, je déteste qu'on me parle d'accident ou d'opération, ça me chavire l'estomac.

Heureusement, Ève s'est découvert une vocation de vétérinaire. Et maman, qui lui a montré comment s'y prendre, dit qu'elle est très douée. Je ne sais pas, je n'ai pas regardé…

– Je veux bien m'en occuper à chaque fois, ça me plaît, ce travail ! s'est exclamée Ève après avoir soigné Polka.

Elle doit être un peu sadique pour aimer tripoter les blessures !

Finalement, maman ne veut pas entendre parler de contrat en ce moment. « En cas de crise, chacun fait un effort » dit-elle. Elle soignera donc Polka le matin et Ève s'en occupera le soir. D'ailleurs, maman est déjà mise à contribution. Comme nous ne sommes pas assez forts pour porter la chienne dans l'escalier, papa et maman se relaient pour la descendre au terrain vague.

Vendredi 4 février

À force de ne sortir que pour ses besoins, Polka devient enragée. Elle recommence à mordiller tout ce qui lui tombe sous la dent. Et quand je dis mordiller, je suis gentil, c'est plutôt le terme déchiqueter qu'il faudrait employer.

Aujourd'hui, c'était le tour de mes chaussons que j'ai eu le malheur de laisser dans le couloir ce matin. J'ai eu du mal à les reconnaître quand je les ai retrouvés ce soir. C'est comme si un cordonnier fou et terriblement maladroit avait essayé de les transformer en sandales...

Mercredi 16 février

L'os de la patte est ressoudé ! Polka n'a plus de broches. Mais le docteur Parisi a fait la grimace en l'examinant.

– Ménagez votre chienne, nous a-t-il recommandé. Elle n'est pas encore guérie. Beaucoup de repos, pas de grandes balades, pas d'escaliers. Je la reverrai dans trois semaines.

Dimanche 20 février

Nous avons emmené Polka jusqu'à l'avenue Jeanne-d'Arc pour qu'elle puisse se défouler. Elle était ravie d'y aller, toute frétillante de joie. Mais, au bout d'un quart d'heure, elle semblait déjà épuisée. Il faut dire qu'elle boite terriblement, j'ai mal pour elle.

Samedi 26 février

Agathe fête ses six ans aujourd'hui. Polka, qui adore les anniversaires, a commencé à courir partout. Or l'agitation n'est pas bonne pour elle en ce moment. Papa était embêté, il fallait bien qu'il reste là puisque maman était partie à son cours de menuiserie et Ève chez une copine.

Je me suis donc dévoué pour emmener la chienne au calme dans l'atelier de papa. Pourtant, on ne peut pas dire que j'étais ravi. Je sais, à dix ans on n'est pas censé s'intéresser aux jeux des petits. Eh bien, moi, je ne dédaigne pas une pêche à la ligne ou un loto géant surtout quand on peut gagner un cadeau.

Mais finalement, je ne regrette pas. Polka et moi nous sommes installés sur son tapis. Elle a dormi, moi j'ai lu. De temps en temps, elle grognait dans son sommeil, je lui répondais d'une caresse et je me serrais plus fort contre elle. Puis, c'était moi qui soupirais et elle me léchait la main. Nous étions bien tous les deux, beaucoup mieux qu'à la fête d'Agathe à nous agiter sur des musiques de bébé !

Dimanche 27 février

La promenade avenue Jeanne-d'Arc a été plus agréable aujourd'hui. Polka marche mieux et se fatigue moins vite. J'espère qu'elle aura bientôt le droit de courir comme elle veut, parce qu'elle en a vraiment besoin !

Lundi 28 février

Polka a huit mois et elle pèse 24 kilos.

Réformée !

Mardi 8 mars

C'est la catastrophe ! Polka a passé sa visite de contrôle ce matin. D'après le docteur Parisi, sa patte ne se remettra pas complètement. Pourtant, elle boite de moins en moins.

Quand papa nous a expliqué ça, tout à l'heure, nous étions effondrés. Et j'ai pensé à un truc affreux. J'ai demandé :

– Mais... ça ne l'empêchera pas d'être chien-guide, quand même ?

– Je ne sais pas, a répondu papa. Le docteur Parisi ne prendra pas la décision. Il faut demander à Florence.

– Tu l'as appelée ? Qu'est-ce qu'elle a dit ?

– Elle était absente aujourd'hui, a soupiré papa. On ne pourra la joindre que demain matin.

– De toute façon, si Polka ne marche pas aussi bien qu'avant, je ne vois pas pourquoi ça l'empêcherait de devenir chien-guide, a affirmé Ève. Il suffira de la donner à un aveugle qui n'aime pas se promener.

Nous avons approuvé et cette idée nous a un peu remonté le moral.

Mercredi 9 mars

Papa a téléphoné à Florence. Elle n'a pas voulu s'avancer avant d'avoir parlé au docteur Parisi. Elle nous recontactera ensuite.

Lorsque, en fin de matinée, la sonnette a retenti, je me suis précipité à la porte. C'était Florence, elle ne souriait pas, et j'ai compris qu'elle nous apportait une nouvelle dont je ne voulais pas. J'ai failli lui refermer la porte au nez.

Elle nous a annoncé que Polka allait être réformée. Quel mot horrible ! Ça signifie qu'ils ne veulent plus d'elle comme chien-guide. Un peu hésitante, Ève a proposé sa solution : confier Polka à un aveugle non sportif. Florence a hoché la tête :

– Notre rôle n'est pas de fournir des chiens de compagnie à des aveugles qui ne veulent pas sortir de chez eux mais, au contraire, de procurer à ceux qui le désirent des chiens qui les aideront vraiment à se déplacer en toutes circonstances.

– Oui, mais puisqu'elle est déjà à moitié élevée, ai-je tenté, ça vaut peut-être le coup de finir...

– Elle n'est qu'à moitié élevée, justement, a rétorqué Florence, et l'éducation d'un chien-guide coûte cher. Continuer à assumer ces frais n'a de sens que si le chien peut jouer son rôle.

– En somme, si le chien ne sert plus, on le jette ! a grondé Ève. C'est vraiment dégoûtant !

Je me suis tu mais j'étais d'accord avec elle. Je trouvais ça monstrueux !

Florence ne s'est pas fâchée malgré le ton agressif de ma sœur. Elle a répondu calmement :

– Je comprends votre déception, vous vous êtes donné beaucoup de mal pour élever Polka. Il n'est pas question de la « jeter » comme tu dis. Nous allons trouver une solution pour qu'elle soit heureuse.

« Et nous ? » ai-je pensé. Mais j'ai continué à me taire. Notre bonheur n'était visiblement pas à l'ordre du jour.

– La première solution n'est sans doute pas possible, a continué Florence en se tournant vers papa. Ce serait que vous gardiez Polka.

– Pour toujours ? a murmuré Agathe, qui n'avait pas encore ouvert la bouche.

– Pour toujours, mais…

– Je vous arrête tout de suite ! l'a interrompue papa. Nous ne pouvons pas avoir un chien. Quand je reprendrai mon poste en septembre, qu'en ferions-nous ?

– Oui, je sais.

– Quand un chien est réformé, que devient-il ? a repris papa.

– S'il ne peut pas rester dans sa famille d'accueil, nous le vendons ou le donnons à des gens dont nous sommes sûrs qu'ils s'en occuperont bien. Et puis, il y a quelques cas particuliers. Récemment, nous en avons confié un à un établissement pour enfants sourds. Il y est à la fois heureux et très utile.

Nous nous regardions d'un air morne. Aucune de ces solutions ne nous plaisait.

– Discutez-en entre vous, a conclu Florence. Vous connaissez peut-être quelqu'un qui pourrait la prendre. Nous chercherons de notre côté. De toute façon, il n'y a pas lieu de se précipiter. Si on pouvait régler le problème d'ici quinze jours ou trois semaines, ce serait bien.

Quinze jours ou trois semaines ! C'est ce qu'elle appelle ne pas se précipiter ?

Quand maman a appris la nouvelle, elle était aussi accablée que nous. Elle a cherché à nous réconforter :

– Vous savez, ce sera mieux pour elle. Si on s'entêtait à vouloir lui faire guider un aveugle, elle souffrirait et s'épuiserait. Il vaut mieux qu'elle vive calmement dans une famille.

– L'idéal serait de trouver quelqu'un parmi nos amis, a lancé papa. Cela nous permettrait de la revoir souvent.

– Oui, mais qui ? a demandé Ève, d'un ton acide. Ou ils en ont déjà un ou ils n'en veulent pas.

– Je pourrais mettre une annonce sur le tableau d'affichage du collège, a repris maman.

Je n'étais pas décidé à faire le moindre effort pour trouver une famille à Polka. Je voulais la garder, l'élever et la confier plus tard à un aveugle. Un point, c'est tout !

Agathe était moins butée que moi, elle réfléchissait, passait en revue les gens sympas qu'elle connaissait.

– Papy et mamie Flamel ! a-t-elle hurlé tout à coup.

– Elle a raison ! s'est exclamée Ève. Ils aiment les chiens et ils n'en ont pas en ce moment !

– Hum, a fait papa, ça m'étonnerait qu'ils veuillent. Ils voyagent beaucoup...

– On essaie ! a décidé Ève, en se dirigeant vers le téléphone.

Voilà une solution qui m'aurait plu. Au moins, Polka serait restée dans la famille. Hélas, papa avait raison, ça n'a pas marché.

– Tu comprends, a dit papy à Ève, lorsque nous partons avec notre club, avec la chorale ou en voyage organisé, les chiens ne sont pas admis. Un chien-guide d'aveugle est accepté partout mais un chien ordinaire, c'est différent...

Et voilà, ma pauvre Polka, tu n'es plus qu'un chien ordinaire !

Pendant le dîner, maman s'est écriée :

– Mais, j'y pense, si j'appelais Olga, la copine avec qui j'ai fait mes études ! Elle est infirmière à la maison de retraite des Trois Palmiers. Je l'ai retrouvée à une conférence, il y a six mois et elle m'a parlé de son directeur qui a plein de projets. Entre autres celui d'adopter un chien pour l'institution.

– C'est quoi, l'institution ? a demandé Agathe.

– La maison de retraite.

– Espérons qu'il ne s'est pas encore décidé, a dit papa.

– J'appellerai demain matin.

Ils m'énervent avec leurs idées. Moi, j'aimerais trouver celle qui me permettrait de garder Polka !

Vendredi 11 mars

Ma pauvre Polka, tu seras peut-être condamnée à te traîner dans une maison de retraite, toi qui n'es même pas encore adulte !

Après enquête auprès du vétérinaire, la copine de maman et son directeur sont très intéressés par notre chienne. Si Polka plaît aux habitants de la maison de retraite, ils la prendront. Et s'ils ne lui plaisent pas, à elle ? Et à moi, si ça ne me plaît pas ?

Nous devons l'amener en visite demain après-midi. Si je m'arrangeais pour qu'elle soit insupportable, qu'elle aboie, qu'elle saute sur les gens, qu'elle coure partout ?

La meilleure solution

Samedi 12 mars

C'est terrible ! Polka ne peut pas vivre là-dedans. Les gens sont vraiment très, très vieux ! Certains m'effraient presque...

À un moment, nous nous sommes approchés d'une dame très âgée, installée dans un fauteuil roulant, près de la baie vitrée du grand salon. Elle regardait fixement dehors, sans s'occuper de nous. Olga lui a dit :

– Bonjour, madame Vougeot. Je vous présente la famille Flamel. Ils ont élevé une petite chienne, Polka, qui va peut-être vivre avec nous. Ça vous plairait ?

Sans cesser de regarder dehors, Mme Vougeot a poussé un grognement et sa main a tâtonné dans le vide. Polka a glissé sa tête sous cette main et elle a poussé du museau la jambe

inerte de la dame. Celle-ci a légèrement tourné la tête vers nous et a marmonné :
– Un chien... oh, j'en ai eu des chiens dans ma vie...
– Ah bon, je ne savais pas ! s'est exclamée Olga. En tout cas, elle a l'air de vous apprécier !
Nous nous sommes éloignés et Mme Vougeot a suivi Polka du regard. Arrivée dans le couloir, Olga a murmuré :
– C'est incroyable ! Mme Vougeot n'avait pas prononcé un mot depuis quinze jours ! Je n'en reviens pas !
Je ne vois pas pourquoi il faudrait s'extasier. Cette femme a juste grommelé trois mots sans intérêt et sans regarder personne, en plus.
Pourquoi est-ce que je n'ai pas fait ce que j'avais prévu ? Je ne sais pas. Quand j'ai vu toutes ces personnes âgées qui observaient Polka, j'ai eu envie d'être fier d'elle et je ne l'ai pas poussée à être infernale. Au contraire.

Lundi 14 mars

Olga a appelé maman, ce soir. C'est la révolution à la maison des Trois Palmiers. Le directeur a organisé une réunion pour savoir si les personnes âgées voulaient accueillir Polka.
Presque tous les résidents sont d'accord. Seuls trois d'entre eux n'aiment pas les chiens

mais deux acceptent quand même la venue de Polka. Un seul ne veut rien savoir. Il refuse qu'un chien baveux l'embête quand il lit son journal et lui saute dessus quand il se promène dans le parc. Qu'est-ce que c'est que cet idiot ? Premièrement, Polka ne bave pas, deuxièmement, elle ne saute pas sur les gens et, troisièmement, elle ne lit pas le journal !

Comme Olga et le directeur voulaient que Polka passe un après-midi aux Trois Palmiers, j'ai réagi :

– Quoi, un après-midi entier ? Alors que ce bonhomme ne l'aime pas ! Vous êtes sûrs qu'il ne lui fera pas de mal ?

– Il n'y a pas de raison. D'après Olga, il est plutôt du genre à bouder dans son coin, a répondu maman.

– Bon, mais il faudra qu'Olga le surveille.

– D'accord, je le lui demanderai, a acquiescé maman.

– Je ne sais pas ce que vous en pensez, a dit papa, mais moi, je serais content si Polka était accueillie aux Trois Palmiers. Les efforts que nous avons faits pour l'éduquer serviraient à quelque chose.

– Tu trouves ? Eh bien, je ne suis pas d'accord ! ai-je rétorqué. J'estime qu'on s'est donné du mal pour rien ! Moi, je pensais qu'elle deviendrait chien-guide, qu'elle ferait des choses extraordinaires, que les gens l'admireraient dans la rue. Là, elle ne servira à personne et, en plus, je me demande s'ils sauront s'occuper d'elle. Qui lui donnera à manger, juste ce qu'il lui faut ? Qui la brossera ? Surveillera ses dents et ses oreilles ? L'entraînera à obéir ? L'empêchera de ramasser tout ce qui traîne ? Hein, qui ?

– Olga a eu des chiens, je suis certaine qu'elle se débrouillera, a prétendu maman. Mais, tu as raison, il faudra poser toutes ces questions. D'ailleurs, Florence a sans doute l'intention de mettre cela au point.

– Florence ? Qu'est-ce qu'elle vient faire là-dedans ? s'est exclamée Ève.

– Pour le moment, Polka appartient encore à l'École des chiens-guides, c'est donc elle et les autres éducateurs qui décident.

– Ils n'ont pas intérêt à refuser ! a grondé Ève. Puisqu'ils se débarrassent de Polka, qu'ils nous laissent au moins choisir l'endroit où elle ira !

J'ai eu peur, tout à coup. Et si Florence décidait de placer Polka à six cents kilomètres d'ici ? Ce serait fini, nous ne verrions plus jamais notre petite chienne. Les Trois Palmiers, ce n'est pas génial, mais au moins, c'est près de chez nous. On peut même y aller à pied.

Jeudi 17 mars

Polka a passé l'après-midi aux Trois Palmiers. Papa l'a amenée à treize heures trente et nous sommes allés la rechercher ensemble (sauf maman qui avait du travail).

À notre entrée dans le hall, une dame nous attendait. D'un air mystérieux, elle nous a tendu un sac de caramels, en chuchotant :

– Tenez, c'est pour vous remercier de donner votre chienne. Elle va nous changer la vie. Si vous saviez la bonne journée que j'ai passée ! Et je ne suis pas la seule ! Rassurez-vous, je donne des sucreries aux enfants mais jamais aux chiens. Et comptez sur moi pour surveiller ces dames qui ont toujours des bonbons dans leur sac...

Polka était dans le grand salon, auprès de Mme Vougeot. Trois personnes s'étaient installées autour d'elles. Quand la chienne nous a vus, elle s'est dirigée vers nous toute frétillante. Elle semblait en pleine forme. Olga est arrivée.

– Quel succès, si vous saviez ! On ne parle plus que de Polka dans cette maison. Tout le monde l'adore ! s'est-elle écriée.

Elle a ajouté à voix basse :

– Même notre ennemi des bêtes s'est radouci. Il est allé trouver le directeur pour lui dire que cette chienne était « plutôt acceptable » et qu'il donnait son accord pour qu'on la prenne.

C'est en regardant Mme Vougeot que j'ai compris à quel point je m'étais trompé. Je sais maintenant que Polka sera très utile aux Trois Palmiers. Cette vieille dame, qui auparavant n'ouvrait pas la bouche, était en train de parler aux personnes réunies autour d'elle tout en caressant la chienne qui l'avait rejointe.

Les autres personnes de la maison de retraite aussi me semblent plus gaies depuis l'arrivée de Polka. D'ailleurs, Olga est d'accord avec moi ainsi que le directeur que nous avons rencontré. Il a téléphoné à Florence qui a accepté que la chienne s'installe aux Trois Palmiers. À nous de décider quand nous serons prêts à la laisser partir, a-t-elle ajouté. J'ai envie de répondre « Jamais » mais je sais que c'est impossible.

En me couchant, j'avais posé le portrait de Polka sur mon lit, et je le regardais. J'étais triste… mais triste !

Quand maman est venue me souhaiter une bonne nuit, je n'ai pas pu m'en empêcher, j'ai éclaté en sanglots.

– Ma... Polka... ma pauvre... petite Polka... ai-je bredouillé.

Maman m'a bercé dans ses bras. Elle m'a laissé pleurer puis m'a demandé :

– Tu ne crois pas qu'elle sera heureuse, là-bas ? Est-ce qu'elle n'a pas été cajolée, cet après-midi ? Elle avait des traces de rouge à lèvres plein la tête !

Ça m'a fait rire.

– Tu as raison, ai-je murmuré, mais je suis triste de la quitter. Et puis, ce n'est pas ce qui devait se passer.

– Eh oui, cela rend les choses plus difficiles. De plus, nous sommes obligés de nous séparer d'elle plus tôt que prévu. Mais, moi, une chose me réconforte. Je me dis qu'au lieu d'être utile à un seul aveugle, elle changera la vie de soixante-dix personnes. C'est formidable, non ?

Vendredi 18 mars

Nous avons décidé de donner Polka mercredi prochain. Nous l'amènerons après mon cours de gym. Florence a proposé de nous accompagner et de faire une petite conférence aux résidents pour leur apporter quelques conseils.

C'est alors qu'Ève a eu une idée géniale! Fabriquer un livret pour les résidents des Trois Palmiers, qui racontera la vie de Polka, avec des photos et des conseils. Nous avons déjà le titre : *L'Album de Polka*.

Maman a appelé Olga pour savoir ce qu'elle pensait de l'idée. Elle est enthousiasmée. Si le livret ne dépasse pas dix pages, elle le photocopiera pour que chaque résident en ait un exemplaire (plus un pour chacun de nous).

Super-hyper-méga-géant!

Au revoir, Polka

Lundi 21 mars

Je ne sais plus où j'en suis ! Je ne sais plus quoi penser ! Je ne sais plus ce que je veux !

Florence nous propose un autre chien ! Et, attention, pas n'importe lequel : Pilote, le frère de Polka, le seul petit chien noir de la portée. Il n'est plus si petit, d'ailleurs, puisqu'il aura neuf mois le 28 mars, comme Polka.

Les Nérac, qui l'avaient accueilli, déménagent. M. Nérac a trouvé du travail à Avignon, ils partent à la fin du mois.

Florence a hésité avant de nous le proposer parce que c'est un chien assez difficile.

– Il lui reste trois mois pour faire ses preuves. Je pense qu'il parviendra à se discipliner. Mais, s'il n'y arrive pas, il sera réformé. Je ne veux donc pas vous imposer le risque d'une deuxième déception. Pourtant, j'ai pensé à vous car il a le même âge que Polka, ça ne vous posera donc pas de problème lorsque vous reprendrez votre travail. Ce sera le moment où il commencera son éducation.

– Ah non, moi je ne veux pas de chien réformé ! s'est écriée Agathe.

– Pour le moment, il ne l'est pas, a rectifié papa.

Moi, je ne sais pas ce que je veux. D'un côté, c'est une bonne surprise. Avoir un nouveau chien, reprendre notre mission interrompue, finir ce que nous avons commencé.

D'un autre côté, je me sens traître vis-à-vis de Polka. Elle a fait de son mieux, ce n'est pas sa faute si elle a échoué et elle n'est pas encore partie que nous pensons déjà à un autre. C'est moche, non ?

Quant à Ève, je crois vraiment qu'elle est folle. Elle a enfin l'occasion d'avoir son Pilote chéri et qu'est-ce qu'elle nous sort ?

– Ah, ils ne voulaient pas nous donner Pilote, nous n'étions pas assez bons ! Mais maintenant qu'ils n'ont personne, nous voilà à la hauteur ! Eh bien, je ne marche pas ! Qu'ils gardent leur chien !

Maman n'est pas très emballée non plus :

– Si ce chien risque d'être réformé, je n'ai pas envie de vivre un nouveau drame.

– Moi, je suis certain qu'on y arrivera, a répliqué papa. Je ne connais pas beaucoup Pilote, mais il a l'air intelligent et affectueux.

Après le dîner, nous voterons pour savoir si nous le prenons. Il faut se décider vite car si nous refusons, Florence cherchera une autre famille. Alors, je dis oui ou je dis non ?

20 heures 45

J'ai dit oui ! D'ailleurs, tout le monde a accepté... sauf Ève qui a marmonné :

– Prenez-le si ça vous tente, je ne veux pas faire comme le vieux grincheux des Trois Palmiers. Mais, franchement, vous décidez ça devant Polka... À votre place, j'aurais honte !

Nous avons tous regardé la chienne qui a levé la tête en entendant son nom. À cet instant, c'est vrai, je me suis senti gêné.

– Il n'y a pas à avoir honte, a répliqué papa. Nous avons amené Polka à être une bonne chienne de maison de retraite, même si ce n'était pas prévu. Et nous la garderons toujours dans notre cœur. Mais maintenant, nous allons essayer de faire de Pilote un bon chien-guide d'aveugle.

Merci, papa, tu m'as remonté le moral ! Je me suis exclamé :

– C'est bien, au fond ! Au lieu d'élever un chien en un an, on en aura élevé deux !

– Si on y arrive..., a rétorqué Ève.

Tiens, elle a dit « si on... » et non pas « si vous... ». Donc, elle participera. Tant mieux, parce que j'ai l'impression que nous ne serons pas trop de cinq. Eh oui, cette fois-ci, maman s'engage aussi.

Mercredi 23 mars

Notre *Album de Polka* a eu un succès fou ! Il atteint juste dix pages avec des photos de notre chienne (de la nurserie de l'École jusqu'à aujourd'hui), le récit de ses bêtises de bébé et des conseils pour bien s'occuper d'elle. Chaque résident a reçu son exemplaire et personne ne l'a oublié sur sa chaise en partant ! Beaucoup de gens nous ont remerciés. Ils ont l'air tellement heureux de l'arrivée de notre chienne et elle semble tout à fait à l'aise. Ça me remonte le moral.

Parce que, évidemment, il a fallu partir. Et la laisser là pour toujours.

Quand nous sommes arrivés à la maison et que nous avons trouvé vide l'emplacement où Polka avait son matelas et ses gamelles, Agathe et moi avons éclaté en sanglots.

– Arrêtez, ou je vais pleurer aussi ! a grogné Ève, en reniflant farouchement.

Papa a pris les choses en main. D'un ton qu'il voulait gai et décidé, il a proposé :

– Il paraît que Pilote a déchiqueté le matelas sur lequel il dormait. J'ai envie de lui préparer un nouveau couchage. Je vais acheter un tapis bien solide. Qui veut venir le choisir avec moi ?

Agathe et moi étions volontaires.

– Je viens aussi, a dit Ève d'un air réticent. Je n'ai pas envie que vous preniez une horreur…

Vendredi 25 mars

Heureusement que nous nous sommes dépêchés d'acheter le tapis de Pilote, il arrivera dimanche ! Les Nérac préparent leur déménagement et ils ne veulent pas l'avoir dans les jambes. Ils nous ont demandé si nous préférions samedi ou dimanche. Ève s'est écriée :

– Ah non, pas samedi ! On va voir Polka ! Pas question de la narguer en lui mettant son remplaçant sous le nez !

– C'est vrai, ai-je ajouté, elle croirait qu'on l'a déjà oubliée.

Samedi 26 mars

J'avais peur que Polka ne boude. Mais non, elle jouait à rapporter une balle à un vieux monsieur. Elle nous a reconnus de loin et a foncé vers nous en aboyant joyeusement. Ça m'a réchauffé le cœur.

Quand nous sommes entrés dans le grand salon où se tenait Mme Vougeot, Polka a posé son museau sur les genoux de la vieille dame qui l'a caressée longuement.

– Je n'ai jamais eu une chienne aussi gentille. Je crois bien qu'elle m'aime… a-t-elle murmuré.

J'ai eu un pincement au cœur. Il y a huit jours, c'était à nous que Polka faisait des câlins et maintenant… maintenant, elle est là et elle est heureuse. Est-ce qu'elle ne devrait pas être un peu triste ?

Agathe ressentait sans doute la même chose que moi, parce qu'au bout de dix minutes elle a dit à papa :

– Quand est-ce qu'on s'en va ?

– Tu veux déjà partir ?

– Oui. Tu as promis qu'on ferait un gâteau en rentrant.

Je n'ai pas insisté et Ève n'a pas protesté non plus. Arrivée à la maison, elle a même monté les blancs d'œufs en neige, elle qui ne fait plus de pâtisserie avec nous depuis une éternité.

À nous deux Pilote !

Dimanche 27 mars

Pilote est là ! Qu'il est beau ! Ève avait raison, un chien noir a belle allure !

Il a l'air de se plaire chez nous et il veut tout le temps jouer. Mme Nérac nous l'a amené ce matin. Elle nous a expliqué ses habitudes.

– Je ne m'y suis pas bien prise avec lui, nous a-t-elle avoué. Il est plein d'énergie et je me suis laissé déborder. Il faut dire que nous avons eu un hiver difficile. Mon fils s'est cassé la jambe, la petite n'a cessé d'être malade et pour finir mon mari a été licencié. J'espère que vous réussirez à reprendre ce chien en main. Je vous conseille d'être fermes dès le début.

Nous avions à peine refermé la porte sur Mme Nérac qu'Agathe a demandé :

– Ça veut dire quoi « ferme » ?

– Ça veut dire sévère, a répondu papa.

– Mais... mais alors... on n'aura pas le droit de le caresser ? a gémi Agathe, la voix tremblante.

– Bien sûr que si, a rectifié papa. Sévère ne veut pas dire méchant. Mais nous ne devons pas accepter qu'il désobéisse, il doit comprendre qu'il n'est pas le maître.

Pour le moment, je ne trouve pas qu'il se prenne pour le chef. Il vient gentiment nous chercher pour jouer et il nous suit partout.

Ève n'est sortie de sa chambre qu'après le départ de Mme Nérac. Elle est arrivée, l'air renfrogné, mais quand elle a regardé Pilote, elle n'a pas résisté. Son visage s'est éclairé et elle s'est accroupie à côté de lui en murmurant :

– Mon tout beau, mon Pilote. Tu sais que ta sœur nous a oubliés. Tu seras fidèle, toi, j'espère...

– Pas vrai ! a crié Agathe. Polka ne nous a pas oubliés. Seulement, elle doit s'occuper des vieilles dames qui sont tristes ! C'est son travail !

Mardi 29 mars

Pilote a passé la journée à l'École des chiens-guides. Florence voulait voir où il en était. Quand papa est allé le rechercher, elle lui a donné des tas de conseils. D'après elle, Pilote est très intelligent, il deviendra un merveilleux chien-guide, s'il apprend la discipline. Parce qu'évidemment, un chien qui n'obéit pas à son maître aveugle peut être un danger au lieu d'être une aide. S'il décide de courser un chat, par exemple, en traînant son maître au milieu des obstacles...

Papa est revenu de l'École hyper-motivé. Moi, ces conseils m'ont plutôt découragé. La vie était plus simple avec Polka. Elle n'obéissait pas forcément mais nous n'en faisions pas une histoire ! Pourrons-nous aimer Pilote, le câliner, jouer avec lui, en nous posant sans arrêt des questions ?

Mercredi 30 mars

Papa nous a tellement recommandé de respecter les consignes de Florence qu'Agathe a tout mélangé ! Cet après-midi, j'étais dans ma chambre quand je l'ai entendue crier dans le couloir :

– Assis ! Couché ! Assis ! J'ai dit assis ! ASSIS ! Couché ! Pas bouger ! J'ai dit pas bouger ! Tu dois pas bouger, c'est moi le chef ! T'entends ? C'est moi le chef !

J'ai ouvert ma porte au moment où papa arrivait du séjour, alerté par les cris.

– Qu'est-ce qui t'arrive, Agathe ? lui a-t-il demandé. Pourquoi hurles-tu après ce chien ?

– Parce que c'est moi le chef ! Les chefs, ils hurlent et ils font ce qu'ils veulent. En plus, lui, il n'obéit pas !

– Évidemment, tu changes tout le temps d'avis ! ai-je répliqué. Il ne sait plus où il en est !

– Ma chérie, les bons chefs ne font pas tourner les autres en bourrique, a repris papa d'une voix calme, en regardant Agathe droit dans les yeux. Et ils ne donnent que des ordres utiles.

– Ben... je croyais qu'il fallait l'embêter exprès, pour qu'il devienne obéissant !

– Tu deviendrais obéissante, toi, si on t'embêtait exprès ? a insisté papa.

– Non ! Mais moi, je ne mange pas des croquettes dans une gamelle et je ne dors pas dans la cuisine.

– D'accord, d'accord. Alors... disons que c'est moi qui m'occupe de dresser Pilote, a répondu papa avec un soupir fatigué. Toi, tu fais comme avec Polka.

– J'y comprends rien, a conclu Agathe. Tu viens, Pilote ? Finalement, je ne suis pas un chef, je suis ta copine !

Vendredi 1er avril

Aujourd'hui, papa n'avait pas le temps de sortir Pilote, il finissait l'encadrement d'un tableau pour une exposition où il présentera cinq toiles. Il devait déposer ses œuvres ce soir avant dix-neuf heures, à Rablay-sur-Layon, un village qui se trouve à une vingtaine de kilomètres d'ici.

Comme Pilote avait visiblement besoin de se dégourdir les pattes, papa nous a demandé à Ève et moi de l'emmener jusqu'à l'avenue Jeanne-d'Arc.

Évidemment, ce n'est pas un chien de tout repos. Il a un énorme besoin d'activité. Il a tendance à tirer sur sa laisse si on se met à flâner. Par contre, il est toujours d'accord pour courir chercher un objet qu'on lui lance et il le rapporte aussitôt.

Finalement, je ne suis pas d'accord avec Mme Nérac, il n'est pas aussi indiscipliné qu'elle le prétend. À moins que la reprise en main par papa ne produise déjà son effet...

Papa est le meilleur

Lundi 4 avril

Trois des cinq tableaux de papa ont été vendus ce week-end ! C'est la gloire ! Il est celui qui a eu le plus de succès. D'ailleurs, sans vouloir être méchant avec les autres, c'est normal, il est le meilleur. J'adore surtout quand il peint les bords de Loire ; il y a une si belle lumière, tant de douceur, ça fait presque mal tellement c'est beau !

Mardi 5 avril

C'est carrément génial ! Un organisateur a vu les toiles de papa à Rablay-sur-Layon et il lui propose d'exposer dans une salle du château d'Angers, pendant le mois d'août. Il aura une salle entière pour lui et des milliers de touristes admireront ses œuvres ! Une seule contrainte, que les tableaux représentent Angers ou sa région.

Nous avons immédiatement sablé le champagne et le Coca ! Nous étions emplis de fierté mais je voyais bien une petite ombre sur le visage de papa. Maman a dû la remarquer aussi. Elle lui a demandé :

– Tu as une idée de la taille de la salle d'exposition ? Tu auras assez de toiles à proposer ?

– Non, bien sûr, a répondu papa, il me faudra travailler d'arrache-pied. Ce qui m'embête, c'est que je serai obligé de négliger Pilote. J'avais prévu de l'entraîner chaque jour, je ne pourrai pas.

– Pas grave, on s'y mettra, a rétorqué Ève.

– Oui, on te remplacera ! ai-je clamé.

– Je veux bien prendre ma part, a proposé maman. Mais j'aurai besoin d'une petite formation…

– Moi, je voudrais vous aider aussi, a dit Agathe. Mais, avec ce chien, je ne sais pas ce qu'il faut faire…

– Super ! a conclu Ève. Tout le monde s'y met et on libère papa. Tu peins et tu assures juste le minimum. Nous, on prend le relais sitôt qu'on rentre.

– Si on demandait quelques conseils à Florence ? ai-je suggéré. Elle montrerait à maman par la même occasion.

– Géante, ton idée ! s'est exclamée Ève, sans que ce compliment semble lui arracher la bouche.

Mercredi 6 avril

Florence est d'accord pour former maman, nous on révisera. Elle nous propose même mieux. Lundi, mardi et mercredi prochains, Pilote les passera à l'École. Florence l'entraînera seul et avec d'autres chiens. Elle pense que cela le stimulera et lui donnera de bonnes habitudes.

Le mercredi après-midi, nous les rejoindrons et elle nous montrera comment nous y prendre pour canaliser son énergie.

Samedi 9 avril

Nous sommes allés voir Polka avec Pilote. Je me demandais si la chienne nous reconnaîtrait mais, pas de problème, elle nous a fait une fête d'enfer. Elle a aussi apprécié la présence de son frère, ils ont joué ensemble comme des petits fous.

La dame qui nous avait offert des bonbons est venue vers nous en s'exclamant :

– Alors, vous nous amenez un deuxième chien ?

– Ah non, celui-là est pour un aveugle ! avons-nous crié en chœur.

Mercredi 13 avril

Florence nous a donné des tas d'astuces pour amener Pilote à obéir. Ce que j'adore avec elle, c'est qu'elle reste calme même quand le chien est exaspérant. Elle recommence tranquillement l'entraînement jusqu'à ce qu'elle obtienne ce qu'elle a demandé. Elle n'est jamais méchante ou brutale, on sent qu'elle aime vraiment les chiens.

Maman s'est bien débrouillée pour une débutante, mais il faut reconnaître que c'est à Ève que Pilote obéit le mieux. Ce n'est pas juste, je suis jaloux. Est-ce qu'il se rend compte que j'ai trois ans de moins qu'elle ?

Vendredi 15 avril

Avec Florence, tout semble facile mais quand on se retrouve seul, c'est une autre affaire.

Comme maman ne se sent pas encore sûre d'elle, elle a demandé que l'un d'entre nous l'accompagne quand elle entraîne Pilote. Aujourd'hui, j'ai dirigé les opérations et j'ai eu du mal.

Ce chien exige beaucoup de patience et je suis content que tout le monde participe. Cette sortie m'a épuisé.

Mardi 26 avril

Papa vit dans sa bulle. Il passe son temps dans les vieilles rues de la ville, dans les villages alentour ou au bord de la Loire, à observer, méditer, s'imprégner des formes, des couleurs, des lumières et prendre des tas de photos. Ou alors, il s'enferme dans son atelier et peint, peint, peint…

Quand il sort, il emmène Pilote qui, paraît-il, est très sage. Mais quand je vois l'air absorbé de mon père, je me demande s'il est très attentif au chien.

Mercredi 27 avril

Aujourd'hui, maman et moi sommes allés en ville entraîner Pilote dans la foule du mercredi après-midi. Il m'a étonné. Il n'a peur de rien. Au fond, Polka était assez craintive (sauf en bus !), elle refusait, par exemple, d'emprunter les escalators. Pilote s'y engage sans hésitation ainsi que dans les escaliers à claire-voie ou sur les planches branlantes jetées en travers d'une tranchée. Même les marteaux-piqueurs le laissent de marbre.

Il est très à l'aise en ville. Quand il conduira son maître aveugle, il ne risquera pas de faire un écart parce qu'il est effrayé. Je suis fier de lui. Nous l'avons depuis un mois seulement (il aura dix mois demain) et il fait de gros progrès. En plus, il a l'air d'aimer travailler. Ah mon Pilote, tu es un brave ! Et tu deviendras un héros !

Samedi 7 mai

Aujourd'hui, c'était l'anniversaire d'Ève. Papa et maman étaient d'accord pour qu'elle organise une boum, mais certains parents ne voulaient pas que leurs enfants rentrent à la maison après vingt-deux heures. Ève avait donc demandé à ses amis d'être là pour dix-sept heures. Comme les derniers invités tardaient à arriver, elle a eu l'idée d'une démonstration des talents de Pilote. Ils sont tous descendus dans la cour et mademoiselle a pu frimer devant ses copains. J'observais la scène depuis la terrasse. Pilote a été parfait, il a obéi au doigt et à l'œil, pas un instant il n'a fait sa tête de mule.

Quand je pense à mon anniversaire où j'avais tenté la même opération avec Polka et où je m'étais couvert de ridicule. Il faut dire que la chienne était beaucoup plus jeune. J'aurais dû naître en mai, moi aussi j'aurais pu frimer...

Mais les prouesses d'Ève m'ont donné une idée. Si elle a réussi à faire une démonstration avec Pilote devant une bonne douzaine de personnes bruyantes et énervées, je pourrais sûrement arriver à la même chose devant les vingt-cinq élèves de ma classe, calmes et attentifs.

Cela me permettrait enfin de montrer mes talents de dresseur et, surtout, d'expliquer à quoi servent les chiens-guides d'aveugles et comment il faut les élever. Je sais que Florence cherche toujours des familles d'accueil. Il y a peut-être dans ma classe quelqu'un qui réussirait à convaincre ses parents.

Et comme le maître aime bien qu'on fasse des exposés, je pense qu'il sera d'accord.

Allez, mon Pilote, tu vas voir. À nous deux, on va les épater!

Des gâteaux pour Roméo

Samedi 14 mai

C'est la gloire ! Pilote est le héros du jour et moi aussi. Très peu d'élèves connaissaient le travail des chiens-guides, la plupart ignoraient tout. Ils ont été enthousiasmés que des animaux puissent être si utiles.

Lorsque j'ai raconté que l'École s'apprêtait à acheter deux chiots, en plus de son élevage, Léo s'est écrié :

– Si on faisait une collecte pour en payer un ?

– Oui, a précisé Marine, chacun pourrait donner deux euros !

– Tu parles, vingt-six fois deux euros, ça donne cinquante-deux euros, a dit Colin. Ce n'est sûrement pas assez...

– Non, ai-je répondu timidement, je crois qu'il faut compter à peu près 600 euros.

Un « oh » de déception a parcouru la classe. Les élèves étaient abasourdis par l'énormité de la somme.

– 600 euros ! s'est écriée Laura. Juste pour un chien même pas élevé ? Moi, je pourrais en avoir un gratuitement à chaque fois que la chienne de ma voisine a des petits !

– Oui, mais là, il s'agit d'un chien de race et une race spécialement adaptée au travail qui lui est demandé, ai-je répliqué.

Nous nous regardions, découragés. Je sentais que tous auraient aimé financer ce chiot. Ç'aurait été formidable de savoir que, grâce à nous, une petite boule de poils allait devenir un précieux guide d'aveugle. Heureusement, le maître a eu une bonne idée :

– Nous ne recueillerons certainement pas une telle somme, a-t-il précisé, mais nous pourrions en récolter une partie. Profitons de la fête de l'école, le 11 juin. Ainsi, nous toucherons les élèves des autres classes... et leurs parents.

– Ouais, génial ! avons-nous hurlé, sous l'œil éberlué de Pilote.

Nous aurons une réunion lundi matin pour décider de ce que nous allons faire. Je sens que ça va être géant !

Lundi 16 mai

Voilà, tout est décidé. Nous allons organiser un concours de gâteaux. Le plus beau gagnera un prix (il faut trouver un lot). La maîtresse de Laura avait fait ça dans son ancienne école et cela avait super bien marché.

Les mamans (et au moins un papa, le mien) aiment bien fabriquer des gâteaux et là, il faudra faire quelque chose de beau ou d'original, ce qui devrait stimuler les bonnes volontés. Ensuite, nous vendrons les gâteaux au profit de l'École des chiens-guides.

Pour attirer et motiver les gens, nous allons faire une exposition sur ce que le chien apporte à l'aveugle. On demandera des dépliants à Florence et, si elle est d'accord pour nous le prêter, le DVD qui présente l'entraînement des chiens et les témoignages d'aveugles. Pilote sera là aussi, bien sûr. Et j'apporterai l'*Album de Polka*.

Jeudi 26 mai

Plusieurs enfants ont parlé des chiens-guides à leur famille et ils ont récolté de l'argent. Dans notre boîte, nous avons déjà 57 euros.

Samedi 11 juin

Nous avons récolté 353 euros ! Trente-sept parents ont fait un gâteau pour le concours. Certains ne se sont pas foulés et ont apporté le cake traditionnel mais quelques-uns ont réalisé une véritable œuvre d'art. Le premier prix est allé à une génoise en forme de tête de chien (museau, crâne, oreilles en pâte d'amande avec de la réglisse pour la truffe et des yeux en caramels). On avait presque envie de le caresser.

Maman s'occupait du DVD et elle a dû faire six projections. Deux élèves de la classe l'assistaient. Les autres tenaient le stand de gâteaux ou présentaient l'exposition. Moi, je distribuais les dépliants, en promenant Pilote qui portait le gilet qu'on lui met pour prendre le bus. Antoine m'accompagnait avec la tirelire où nous espérions que les gens allaient déposer leurs dons. Effectivement, un certain nombre de personnes nous ont donné de l'argent sans demander de gâteau en échange.

Au milieu de l'après-midi, un monsieur s'est approché de nous et nous a expliqué que son frère, qui vit dans le Nord, est aveugle et qu'il a un chien pour le guider. Puis il a rempli un chèque et nous l'a remis. Nous avons jeté un coup d'œil discret sur le montant… et en avons eu le souffle coupé. Il nous donnait 100 euros !

Du coup, l'effort de discrétion s'est évano
Nous avons sauté de joie et chaleureuseme
remercié le monsieur. Puis, nous avons cou
raconter aux autres la bonne aubaine.

À dix-huit heures, moment des comptes,
maître nous a félicités. Il ne pensait pas que no
gagnerions autant. Pourtant, certains étaie
déçus, ils espéraient ramasser les 600 euros.

– C'est moche, a grogné Laura, on ne pourr
acheter que la moitié du chien.

– Parce qu'on peut n'en acheter qu'un
moitié ? a demandé Stéphanie, incrédule
Comment on fait ?

Cette fille est d'une bêtise, c'est à peine
croyable !

– Facile ! a rigolé Antoine. On le coupe en
deux ! Tu veux les pattes de devant ou celles de
derrière ?

Dimanche 12 juin

C'est trop beau ! Je n'ose pas y croire ! Sans m'en parler, mamie Gibert a récolté de l'argent pour nous avec son club de patchwork (le patchwork consiste à coudre ensemble des petits morceaux de tissus de toutes sortes pour faire des coussins ou des couvertures). Chaque année, les dames du club vendent leurs réalisations au profit d'une œuvre. Cette année, grâce à mamie, elles ont choisi comme bénéficiaire l'École des chiens-guides. J'ai bien dit mamie Gibert, ma grand-mère qui déteste les animaux !

– Je t'admire, mon petit Mathieu, m'a-t-elle déclaré au téléphone, tu t'es donné tant de mal avec ces chiens ! J'ai eu envie de t'aider.

La vente avait lieu aujourd'hui et elles ont réuni 280 euros ! J'ai hurlé de joie dans le téléphone, j'espère que je n'ai pas percé le tympan de ma grand-mère. C'est trop cool ! Si on additionne 280 euros et 353 euros, on obtient... 633 euros. On a le chien ! Un chien entier, ce qui rassurera Stéphanie... Et on peut même lui payer son collier et sa laisse ! GÉNIAL !

Lundi 13 juin

Mamie Gibert a la cote dans la classe ! Léo m'a même demandé si je pouvais apporter sa photo. Sa photo, je rêve !

Le maître a suggéré qu'on écrive une lettre de remerciements au club de patchwork quand nous aurons reçu le chèque.

Mardi 14 juin

Florence est allée tester les chiots à l'élevage. Elle a choisi deux labradors noirs, Roméo et Rossini (pour nommer les chiens de race, on passe directement du P au R, la lettre Q n'offrant pas assez de possibilités). Elle ira les chercher mardi prochain pour les remettre à leurs familles d'accueil. Et... elle nous propose de venir à l'École des chiens-guides à ce moment-là pour faire connaissance de celui que nous finançons ! C'est super, non ?

Nous avons aussitôt voté pour savoir lequel des deux noms nous préférions. Il y a eu dix-neuf voix sur vingt-six pour Roméo. C'est donc lui « notre » chiot et nous avons insisté pour que le maître rappelle Florence afin de le lui préciser.

Jeudi 15 juin

Le chèque du club de patchwork est arrivé avec une très gentille lettre de toutes les dames qui nous félicitent pour notre idée. Nous allons attendre la semaine prochaine pour leur répondre. Nous ferons une photo de la classe avec Roméo, que nous joindrons à notre courrier. Elles seront sûrement contentes de voir notre tête et surtout celle du chien.

Mardi 21 juin

Il est trop craquant, comme dirait Ève ! Roméo est une petite boule de poils noirs aux yeux brillants, tout dodu et pataud. Les enfants de la classe se sont bousculés pour le câliner. Je me demande comment nous ne l'avons pas écrasé à force de le serrer dans nos bras. Rossini a eu son compte de caresses aussi et il y aurait eu vingt-six chiens que ça n'aurait pas été plus mal.

Nous ne sommes pas restés longtemps car les familles d'accueil arrivaient pour chercher leur chiot mais nous avons eu le temps de les cajoler et de prendre des photos. Ça a été un peu dur quand il a fallu partir et je crois que si, à ce moment-là, on nous avait remis un chiot à chacun, nous l'aurions emporté sans chercher à savoir ce que nos parents en penseraient…

Mardi 28 juin

Pilote a un an ! Il vient de passer deux jours à l'École des chiens-guides où il a été déclaré « bon pour le service ». Il entrera en éducation début août, quand Florence et nous serons rentrés de vacances. Florence nous a félicités :

– Quand chacun s'y met dans une famille, on obtient toujours de meilleurs résultats. Et là, franchement, ce n'était pas gagné d'avance. Bravo !

Nous ne sommes pas peu fiers et, pour célébrer à la fois l'anniversaire de Pilote et la réussite de son éducation, nous avons fait une petite fête ce soir. Nous avons procédé en deux temps. D'abord une séance collective de câlins à Pilote à qui nous avons offert un nouvel os en peau de buffle, puis un bon repas pour nous. Agathe a proposé :

– Puisque c'est l'anniversaire de Pilote, ce serait normal, pour une fois, de le laisser s'approcher de la table et de lui donner des choses de notre menu…

– C'est ça ! a protesté Ève. Tu veux fiche par terre trois mois d'efforts ? Demain, il viendra nous embêter pendant qu'on mange et il faudra tout recommencer. Pas question !

Elle a raison. C'est dommage, j'aurais bien aimé savoir s'il aimait le saumon fumé.

Mercredi 29 juin

Polka aussi a eu un an. Nous ne l'avons pas oubliée et sommes allés la voir avec Pilote. Elle a beaucoup grandi, j'ai eu du mal à la reconnaître. Elle ne boite presque plus et est toujours aussi mignonne. Tout le monde l'adore, aux Trois Palmiers.

Lundi 1er août

Ce matin, maman a emmené Pilote à l'École. Il y restera toute la semaine. Je suis triste de voir sa place vide mais, heureusement, on le retrouvera chaque week-end.

Et puis, l'exposition de papa ouvre aujourd'hui et je suis impatient d'observer les réactions des visiteurs.

Vendredi 9 septembre

L'exposition de papa a été un gros succès (l'une de ses toiles est même partie en Amérique !). À tel point qu'il regrette presque de reprendre son poste de prof. J'aimerais qu'il devienne artiste peintre à plein temps. Pour lui, bien sûr, mais aussi parce que... cela nous permettrait d'avoir à nouveau un chien, à plein temps lui aussi !

Car, lorsque nous récupérons Pilote pour le week-end, comme aujourd'hui, c'est toujours la fête. Mais nous savons que, bientôt, nous ne l'aurons plus du tout et que ce sera triste, la maison sans chien.

Un chien pour Thomas

Jeudi 3 novembre

Ça y est ! Nous savons à quel aveugle Pilote sera confié. L'École a réalisé un test aujourd'hui et Pilote s'entend très bien avec son futur maître. Il s'agit de Thomas Verdon, vingt-deux ans. Standardiste dans un magasin de vente à distance, il est aussi très sportif, Pilote lui conviendra donc parfaitement. D'ailleurs, il l'attend avec impatience pour pouvoir faire des randonnées sans s'accrocher au bras de son père.

Je suis content. J'aurais été déçu que notre chien soit donné à une petite mémé qui n'aurait mis le nez dehors que pour acheter son pain. Avec Thomas, Pilote sortira et se dépensera sans limites.

En même temps, je suis un peu triste. Si on sait à qui Pilote sera confié, cela signifie que ce jour approche. Bientôt, le vendredi sera un jour ordinaire, sans retrouvailles. Sans aboiements joyeux, sans courses échevelées au long de l'avenue Jeanne-d'Arc, sans gros câlins poilus. Sans chien.

Dimanche 27 novembre

Nous sommes allés déjeuner chez Thomas Verdon et ses parents. Thomas est vraiment extraordinaire. Moi, si j'étais aveugle, je crois que je serais triste tout le temps. Lui, il est joyeux, il plaisante sans arrêt et il essaie de se débrouiller seul avec une énergie incroyable.

Il est très pressé de commencer son apprentissage avec Pilote. (Dans huit jours, il passera une semaine à l'École avec le chien et un éducateur, puis une semaine chez lui.) Il est très affectueux avec Pilote, cela nous rassure : notre chien sera heureux !

Il s'intéresse aussi à une foule de choses, même à la peinture. Lorsqu'il a su que papa était peintre, il s'est exclamé :

– Oh, j'aimerais que vous me montriez vos toiles !

J'ai d'abord cru qu'il se fichait de nous. Comment un aveugle pourrait-il apprécier des tableaux ? Évidemment, je n'osais pas m'étonner ouvertement. Mais il nous a expliqué qu'en touchant la toile, surtout si elle est peinte à l'huile, il perçoit les reliefs et réussit ainsi à se faire une idée de l'œuvre. On peut d'ailleurs l'aider en la lui décrivant pendant qu'il la palpe.

Nous étions vraiment impressionnés. Quand nous sommes revenus à la maison, Agathe, en fermant les yeux, a passé les doigts sur le tableau où elle figure avec Polka et s'est écriée :

– J'y arrive ! Là, c'est moi ! Et là, c'est Polka, je sens sa truffe !

Je n'ai pas voulu la décevoir en lui disant qu'elle touchait le bout de l'oreille droite. Discrètement, j'ai tenté l'expérience avec mon tableau. Pas très évident…

Lundi 12 décembre

Notre Pilote est parti pour toujours ! Nous avons raté une heure de cours, ce matin, pour l'accompagner à l'École. Nous avons rendu son trousseau, nous avons remis Pilote à Florence… et nous ne le reprendrons pas vendredi. Il restera chez Thomas où ils vont passer la semaine à mieux se connaître.

Ève, Agathe et moi avons pleuré pendant tout le trajet de retour. Pourtant, nous sommes contents aussi quand nous imaginons la joie de Thomas. Et nous sommes fiers d'avoir réussi malgré les obstacles. Entre deux reniflements, j'ai bredouillé :

– Pourquoi est-ce qu'on pleure ? Grâce à nous, Pilote est à la fois utile et heureux. Il n'y a pas de quoi gémir !

Je devais faire une drôle de tête car Ève et Agathe ont éclaté de rire à travers leurs larmes. D'ailleurs, avant que nous quittions l'École, Florence s'était efforcée de nous remonter le moral en nous invitant à la fête que l'École organise le 15 janvier.

– Je n'ai pas envie d'y aller, a grogné Ève. Ça me fera trop mal de rencontrer des familles avec leur chien.

Dimanche 15 janvier

Nous avons revu Pilote et Thomas à la fête des rois ! Ils se débrouillent déjà très bien, tous les deux. Je suis hyper-fier de « notre » chien !

Et puis une surprise nous attendait. Nous avons eu droit au diplôme de famille d'accueil. Normalement, il est remis aux familles qui ont élevé deux chiens, ce qui n'est pas exactement notre cas. Nous n'avons pas été jusqu'au bout de l'éducation de Polka et nous avons pris celle de Pilote en route. Mais nous avons fait des efforts particuliers et je trouve que nous l'avons bien mérité.

Enfin, dernier événement qui nous a fait sauter de joie : Florence nous a demandé si nous accepterions d'être « famille de week-end » (c'est-à-dire accueillir le chien des familles qui s'absentent sans pouvoir l'emmener). Je n'arrive pas encore à y croire mais papa et maman ont dit oui ! Nous commençons dès samedi prochain. Et devinez avec qui ? Un labrador noir de huit mois et demi qui s'appelle... Roméo ! Quand Antoine, Laura et Colin qui sont en sixième avec moi cette année le sauront, ils seront verts de jalousie...

TABLE DES MATIÈRES

L'AUTEUR

Chantal Cahour est née à Metz, en 1947. Enfant, elle était très fière de sa mère qui écrivait des poèmes. Elle a toujours aimé lire et a pratiqué plusieurs métiers où la lecture était importante (professeur de français, correctrice, bibliothécaire pour la jeunesse).
Elle vit à Angers où sa famille l'encourage dans son travail. Elle a déjà écrit vingt-deux romans pour lesquels elle a eu le bonheur de recevoir de ses jeunes lecteurs vingt-cinq prix littéraires.
Pour en savoir plus, allez visiter le site Internet que son fils lui a fabriqué. Elle y parle de son travail, de ses romans, des ateliers d'écriture qu'elle anime et donne aussi quelques conseils pour les rencontres avec les classes :
www.chantalcahour.fr

L'ILLUSTRATRICE

Nathaële Vogel est née en Alsace puis a vécu à Boulogne-sur-Mer jusqu'à l'âge de vingt ans. Elle y a découvert et aimé la mer et les balades sans but sur les falaises. Dès la maternelle, elle prévient ses parents que le dessin sera son métier. Elle a tenu parole. Après avoir fini ses études aux Beaux-Arts de Tourcoing, elle s'installe à Paris et y dessine.
Aujourd'hui Nathaële Vogel illustre des romans ou des ouvrages documentaires pour la jeunesse. Elle voue une passion aux chiens et aux labradors en particulier. Colleen, sa chienne labrador, est sa première lectrice. Elle rythme ses journées par des promenades ou des parties de football.

DANS LA MÊME COLLECTION

Expert en excuses
Karen Tayleur

Fort d'une imagination à toute épreuve, David décide de rédiger un « manuel de survie pour les enfants » où il livre ses meilleures excuses pour se sortir des situations les plus embarrassantes à la maison comme à l'école.

Le jour où j'ai raté le bus,
Jean-Luc Luciani

Benjamin s'est trompé de bus et se retrouve perdu en plein centre-ville de Marseille. Difficile quand on est handicapé ! Mais c'est aussi l'occasion de faire des rencontres étonnantes…

Mon journal de guerre,
Yvon Mauffret

1942. Au fil des jours et des pages de son journal, Thomas raconte l'Occupation à son père, prisonnier de guerre en Allemagne : les difficultés du ravitaillement, la disparition des copains de classe juifs…

La plus grosse bêtise,
Évelyne Brisou-Pellen

Hilaire, surnommé Pupuce, est un gros chien qui adore faire des bêtises. Mais elles ne sont pas toujours du goût de ses maîtres.
La gourmandise et quelques maladresses vont même le conduire au chenil.
Quelle vie de chien !

Retrouvez la collection
Rageot Romans
sur le site www.rageot.fr

PAPIER À BASE DE FIBRES CERTIFIÉES

RAGEOT s'engage pour l'environnement en réduisant l'empreinte carbone de ses livres. Celle de cet exemplaire est de :
147 g éq. CO_2
Rendez-vous sur www.rageot-durable.fr

Achevé d'imprimer en France en janvier 2014
chez Normandie Roto Impression s.a.s.
Couverture imprimée par Boutaux (28)
Dépôt légal : mars 2008
N° d'édition : 6018 - 07
N° d'impression : 134972